金华市文学艺术界联合会扶持项目

桑梓共富记

楼子郁　著

北京时代华文书局

图书在版编目（CIP）数据

桑梓共富记 / 楼子郁著 . -- 北京 : 北京时代华文书局 , 2023.10
ISBN 978-7-5699-5055-7

Ⅰ . ①桑… Ⅱ . ①楼… Ⅲ . ①纪实文学－中国－当代 Ⅳ . ① I25

中国国家版本馆 CIP 数据核字 (2023) 第 196859 号

Sangzi Gong Fu Ji

出 版 人：陈　涛
策划编辑：周　磊
责任编辑：张正萌
责任校对：初海龙
装帧设计：程　慧　迟　稳
责任印制：訾　敬

出版发行：北京时代华文书局 http://www.bjsdsj.com.cn
　　　　　北京市东城区安定门外大街 138 号皇城国际大厦 A 座 8 层
　　　　　邮编：100011　电话：010-64263661　64261528

印　　刷：三河市兴博印务有限公司
开　　本：880 mm×1230 mm　1/32　　　成品尺寸：145 mm×210 mm
印　　张：8.5　　　　　　　　　　　　　字　　数：175 千字
版　　次：2023 年 10 月第 1 版　　　　　印　　次：2023 年 10 月第 1 次印刷
定　　价：48.00 元

目　录

第一章

　　"唐宋时期，人们悠闲地在繁闹的街头巷尾徜徉，脚下一片轻盈。在和煦的阳光下，烟柳画桥，风帘翠幕，高高飘扬的商铺望子、旗帜，那远近交错而来的车马，东西南北交会形成的人流，一张张恬淡惬意的笑脸，无不衬托出当时泱泱盛世的美好画面。这样的社会被人们所向往，是人们梦寐以求的美好生活。现如今，通过四十多年的改革开放，社会得到了极快发展，我们比任何时候都更为接近中华民族伟大的复兴梦。

　　"2021 年，是中国共产党建党一百周年，习近平总书记向全世界庄严宣告，全面建成小康社会的目标已经实现了，这一伟大的历史成就远远超过了历史上任何一个时期取得的成果。老百姓丰衣足食，生活安逸，实现了吃住行的自由。党的十九大提出了实施乡村振兴战略，并写入党章，意义重大而深远。在此基础上，明确了聚焦产业兴旺、生态宜居、乡风文明、治理有效、生活富裕的总要求，全面推进乡村振兴。

"当前，为深入学习贯彻习近平新时代中国特色社会主义思想和习近平总书记关于浙江工作的重要指示批示精神，全面落实《中共中央 国务院关于支持浙江高质量发展建设共同富裕示范区的意见》，浙江省忠实践行'八八战略'、奋力打造重要窗口，按照五大工作原则、四大战略定位，锁定 2025 年、2035 年'两阶段发展目标'，率先探索建设共同富裕美好社会……"

"呜呜……呜呜……"正在参加培训的李阳手机振动着。一看是科里杨科长打来的电话，李阳赶忙走出教室，到走廊上接听电话。

"小李，刚刚接到电话，区里定下来的一批驻村第一书记名单里面有你，具体到哪个乡镇，负责哪个村，到时候动员会上会公布，我先通知你一下。"

"好的，科长，我知道了，谢谢！"

李阳挂了电话，心里直嘀咕，之前只是想想而已的事，没想到这么快就有了结果，心里还是小欢喜了一下。他转念一想，自己即将告别安逸的生活，去一个陌生的环境，和一群陌生的人打交道，并要很长时间在那里，心里多少还是有些担心。但，男儿志在四方，不经历风雨，哪能见彩虹。趁着自己还年轻，必须接受一次挑战，哪怕再难，也是自己成长过程中难得的历练，这样一想他心里舒坦多了。

走回会场的路上，李阳想想自己在区政府机关待了五六年，感觉整天忙忙碌碌，但终究是个小科员，一下子也很难有起色。而此刻正好有了一个梦寐以求的机会，自己在农村奋斗个两三年，凭借自己的本事，实实在在地为乡亲们做一些事情，为乡村振兴、推进乡村共同富裕做出一点贡献，在广袤的农村大地上，描绘出像彩虹一样绚丽的色彩，这对于自己来说也是值得回忆的人生经历。因此，李阳仿佛打了 400 cc 鸡血，整个人变得精神抖擞起来。

坐回座位，兴奋劲儿渐消后，一个念想浮现在他脑海：要是真去驻村，那就意味着不能和女朋友经常腻在一起了，说不定到时候忙起来，见一面都不容易。想到这里，他的心情又有了一些波动。

培训结束后，李阳也没有心情吃晚饭，他掏出手机给谢小余打了一个电话。

李阳和谢小余从光屁股一起长大，只不过后来一个读了大学，成了公务员，另一个初中就早早辍学，从搬砖头硬是干到了房地产开发公司的老板。

李阳刚分到这个江南城市时多亏了谢小余的关照，那时李阳刚刚参加工作，手头拮据，谢小余阔绰，管吃管喝不在话下，让李阳心里备感温暖。

在电话里，李阳简单地陈述了一下驻村的事，并约谢小余到婺江边小聚一下。

夕阳的余晖缓缓地洒下，滚动的江水披上了金辉，屋顶飞檐、黑瓦白墙连同着整个古城都仿佛披上了蝉翼般的金纱,光芒四射,如梦似幻。李阳忘情地投入其中,迈开脚步朝着天水金光处寻觅而去。

傍晚时光,来江边散步的人很多,情侣相依相偎。

看到婺江边卿卿我我的情侣,李阳的失落感更加强烈了。

他停下脚步,双手搭在婺江边的护栏上,眼望着夕阳照耀下变幻着色彩的江水,脑海里不断浮现着一个个美丽的画面。

五年前,李阳和蒋怡通过一家文学网站认识。那时李阳喜欢写写散文、诗歌等一些文学作品,并乐此不疲地将自己的作品发到网站上。那时文学类网站还挺多,李阳边投边看,慢慢地开始关注起一个女子的文字来,她的文笔细腻而清雅,字里行间总带着一丝小小的伤感,但又不失女性细腻的韵味。时间一长,李阳按捺不住,主动加了对方好友。

"您好!看了您多篇文章,感觉写得真好,文字清新典雅,读后欲罢不能。"

"感谢您的喜爱,我只是随便写写,都是写着玩的,算不得什么好文章。"

"哪里,您就这么随便一写,我都很喜欢了,要是认真写,还不令我更加陶醉了!哈哈……"

缘分天注定,在李阳的主动"进攻"下,两人越聊越投机,很多观点都十分相似。随着时间推移，两人成了无话不说的好朋友，慢慢地滋生了浓浓的情感。

刚刚大学毕业没多久的李阳遇到一个能聊得来的文友，心里甚是高兴。

都说，网恋就像一艘漂泊的小船，在水上漂的时光是轻松、快乐、自在的，但一靠近属于两个人的港湾，就容易碰撞出问题来。但，那时他们都处于彼此欣赏的阶段，两个人共同憧憬着见面后的美好生活。

终于，李阳等来了蒋怡将要毕业的日子，她想毕业后直接工作，让李阳帮着看看有什么合适的。李阳想都没想就建议她来自己的城市，并托关系帮她找了一份文秘的工作。蒋怡也很想来到李阳的身边，她对彼此线下的交往充满着期待。

当笑靥如花的蒋怡来到身边后，李阳仿佛拥有了整个世界，整个人充满了无限的力量，生活也仿佛开满了鲜花，美好的日子终于到来了。

刚来的那几天，李阳带着蒋怡登八咏楼、游古子城、爬尖峰山，到北山上寻仙踪，去婺城区长山乡的"猪猪乐园"看可爱的"熊猫猪猪"，那两头乌憨憨的样子，逗得蒋怡很是开心。

"这些小猪猪真的太可爱了，还住着高级房间，吃喝都是绿色食品，真好，我好喜欢。"蒋怡坐在猪猪们的边上，边看边说道，"对了，我还想去横店影视城，我一直有一个演员梦，不知你能不能带我去看看，近距离感受一下演员表演也行。"

"这个好办，我明天就带你去。我有一个朋友是那儿的导演，可以让你过把瘾。"李阳看着心仪的姑娘说道。

横店影视城正在拍摄电视剧《最美厨娘》，李阳在朋友的帮助下，让蒋怡过了一把演戏的瘾。

李阳的这一顿甜蜜暴击，直接将蒋怡"打晕"了。一番游山玩水结束后，她就果断地决定留在李阳身边工作。

"嘿，兄弟，你小子是不是又在琢磨诗句、伤春悲秋呢? 一副陶醉的样子。"

谢小余好不容易找到了靠在江边栏杆上的李阳，自然少不了一顿调侃。

"哪有，我只是在欣赏这美丽的夕阳罢了。"

"我看你小子是看着景中景，睹物思人了吧! 哈哈哈!"

"你还别说，到底是知心兄弟，连我肚里有几条蛔虫都很清楚。"李阳心里嘀咕道，嘴上却说:"哪有什么睹物思人。"

说完，两个人忍不住大笑起来。

第二章

李阳和谢小余隔着落地玻璃窗、临着婺江面对面坐着，桌上两个茶杯、一壶香茗，别有一番"煮沸三江水，品老五岳茶"的滋味。

"人生如茶，茶里有你的喜、你的忧、你的苦、你的甜。"谢小余抿了一口茶说道。

"兄弟，你这是话中有话呀！"

李阳瞥着对面的兄弟，心里明白，此刻，这"哲学大师"又要开始发表一番人生哲理了。

"人生如茶，空杯以对，你看你混了几年又要在泥巴堆里开始新的折腾了。"说完，谢小余不禁笑出声来。

"桃花坞里桃花庵，桃花庵里桃花仙；桃花仙人种桃树，又摘桃花卖酒钱。咋的，我就是要学学唐伯虎，领略一番无拘无束的田园生活，我成农民了，你就看不起我了？

"要知道，我这农民可是适应新时代的，大跨步赶上乡村振兴建设，是助力实现农业现代化的先遣队！可威风着呢。"李阳不服气地说道。

"也是。现在的乡村建设已经朝着经济更好、结构更优、质量更高、后劲更足、实力更强的方向发展了，很多乡镇都表现出了发展的蓬勃动力。"

"所以说人生如茶，粗品是苦，细品是香。"李阳接着谢小余的话，将了他一军，"凡事要向前看，而不是向钱看。"

"那是，那是。"谢小余从来不认为自己是只有"金钱味儿"的商人。生活中的他很热衷于公益事业，还自己组织了一支从事公益事业的队伍。在休息时间，他们会专门组织起来到社区、乡村探望孤寡老人和较为贫困的群体，资助一些生活物品，帮助他们解决一些生活上的困难，这一点也是李阳最为欣赏这位兄弟的地方。

两人相视一笑，只见杯中茶芽朵朵、叶脉银绿，似片片翡翠起舞，叶片飘落后，饮之唇齿留香，回味无穷。人生如茶，浓淡皆宜。岁月如歌，最后你是那茶、那茶是你，品茶品的是自己。

两人慢慢地品着茶，既品着彼此这些年的过往，同时也在不断畅想着属于自己的未来之路。

"对了，那你赴任后，准备先从哪个方面入手呢？"

"我想，乡村还是要以农业为基础吧。我们从小在农村长大，我心里还是对那种沃野平畴、沟渠纵横、阡陌交错、屋舍俨然的农村画面情有独钟，那才是一幅秀美、和谐、富裕的江南画卷。"

李阳说到驻村，很自然地就描绘出了心里的美丽乡村画卷。

"是的，近期习近平总书记在多次考察农村农业的过程中，谆谆教诲，要把米袋子牢牢掌握在自己的手里，中国人自己的饭碗要端在自己的手上，碗里要装自己的粮食。全国上下也都在大力推进保基本农田的举措中。"谢小余听了李阳的描绘，也很赞同地表示。

"在我看来，一颗种子只有深深地植根于沃土，才能生机无限。"李阳骨子里有着不服输的精神。

"我去驻村的第一件事，就要发挥好党组织的战斗堡垒作用。要突出支部书记引路、党员先锋开路作用，以党组织的有力作为来带动村民，一起奋斗，实现村民的共同致富。"

"看来，你已经有自己的思路了。"谢小余听了李阳刚才的总体思路，感到他心里很有谱，也由衷地为兄弟感到高兴。

两人边喝边聊，不知不觉夜已渐深。华灯闪烁，五色灯光照在微波荡漾的水面上，映衬出更加绚丽的光彩，城市的夜仿佛没有尽头。

走出茶室，来到路边，两人正伸手拦停一辆出租车，却耳听旁侧有人大声喊："别动！这是我叫停的车。"谢小余缩回了拉车门的手，侧身一看，却见一个姑娘疾跑而来，拉开车门就钻进出租车里。

"看来，她有很急的事。"谢小余看着这场景说道。

李阳把头伸到车里一看，竟然是蒋怡。

蒋怡伸手关车门的刹那间，抬头望见了李阳，心中顿感惊喜，急切地说道："快！我妈住院了，你和我一起去趟医院。"

谢小余心里正在纳闷，怎么这女的和自己兄弟这么熟悉？而此刻李阳已经很是急迫："啊？你妈不严重吧？那我们一起去吧。"

蒋怡移动身子，让出空位给李阳，说道："她不小心摔了一跤，应该不会有太大问题。"

尽管还云里雾里，谢小余还是自然地钻进出租车里，坐在了副驾驶位置。他侧头含笑反问："你俩很熟吗？"

蒋怡不假思索地说："当然很熟了，都熟透了。"

此刻，李阳才反应过来，虽然在兄弟面前提了很多次自己女朋友的名字，但谢小余和蒋怡还没有见过面。

"真不好意思，刚才比较急迫，还没来得及介绍，这位就是我女朋友蒋怡。"

"你小子，也不事先说一下，哪怕给个眼神也好呀，这尴尬的。"

李阳笑道："无巧不成书啊！"

"哈哈哈……"

蒋怡也觉得这见面太巧了，尴尬地笑了。

为了下次见面不至于再不认识，谢小余特意朝着后面看去，而此刻，蒋怡也正好看过来，四目相对，场面更加尴尬了。

"哦，那个，为了下次能够认出弟妹，不至于认错，我必须……"一时间，平时能言善辩的谢小余结巴了起来。

为了缓解这无法再巧的相遇，李阳笑着说道："是啊，见面后，就都是老熟人了，哈哈哈……"

蒋怡"扑哧"一笑道："无巧不成书嘛，幸会幸会。"

谢小余也算是见过世面的，第一次面对兄弟的女朋友，他想调侃一下："刚才那一刹那，你那飘逸的身影就像一个仙女，我还以为李清照穿越了呢！"

"哈哈……你是说我今天穿的裙子像古装呗。"

听后，李阳和司机都笑了起来。

但李阳面对兄弟的调侃，心里还是有一丝不悦，说道："兄弟，你当面调侃我女朋友，又是第一次见面，不合适吧？"

"瞧，某人吃醋了。"虽是这么说，但谢小余第一眼看到蒋怡就被她特有的气质深深地吸引了，心里不由得感叹，还是李阳有福气。

三人一路上聊着，不知不觉车已经到了市中心医院门口，三人急迫地下了车。

第三章

从车上下来，蒋怡就拨通了她妈妈的电话，询问情况。三人往医院的骨伤科住院大楼一路小跑。

等跑到住院病房时，蒋怡已有点气喘吁吁了，一方面是比较着急，另一方面是毕业后，久坐办公室缺乏锻炼。好在今天有两个小伙儿陪同，她心里感到很是踏实。

"老妈，你哪里伤着了，快给我看看，严不严重？"蒋怡急忙查看起妈妈的伤势来。

"没事，没事，就是摔了一下，刚刚已经拍了片子了，有点骨折，休养一段时间就好了，不耽误事的。"蒋母故作轻松地说道。

"伤了骨头要好好休息，平时叫你不要去干体力活，要慢一点，你就是不听，现在好了，出事了吧。"蒋怡有些心疼地说道，"对了，老妈，你来的时候，把住院用的东西都带齐全了吗？"

"我刚才来得急，你老爸这次也没一起来看你，没人整理，你帮我看看还少什么。"

蒋怡翻找了一下蒋母带来的东西，说道："你看，脸盆、洗漱用品啥的都没带。"

"那我去买，蒋怡你看下都需要些什么。"李阳主动说道。

"也好，我一会儿把需要的东西发你，你帮我去买一下，辛苦你了，亲……"蒋怡刚把"亲"字吐出来，一想不对，妈妈和谢小余还在呢，又吞了回去，脸颊上瞬间飘起两片绯红的云朵。

"小李，辛苦你了。"蒋母说道。

"没事，我这就去楼下买。"

随即，李阳起身去楼下采购。

"对了，一一，这位也是你朋友？这么晚了还特意陪你过来。"蒋母看着眼生的谢小余问道。"一一"是蒋怡的乳名，还蛮好听的。

"这位是谢小余，是李阳的发小，今天刚好遇上了。"蒋怡介绍道。

"哦，小伙子你坐下，这么晚了叨扰你们真不好意思。"

"没事的，伯母您养好伤最要紧。"谢小余说道。

"对了，老妈，我去护士站问问今天晚上还有什么要注意的。"

"好的，你去吧，我先休息一下。"

蒋怡刚走出病房，谢小余为避免尴尬，就紧跟着也走了出来。

刚走出病房没几步，在转弯的地方，蒋怡的脚不小心崴了一下，不由得身子往前倾斜而去，整个人一下子失去了重心。说时迟那时快，她要倒地的一刹那，一双大手横过来，接住了蒋怡的身子，那人顺势往回一用力，蒋怡直接被这双大手拽到了怀里。受惯性影响，蒋怡的脸直接贴上了谢小余的脸。

"哇，还亲上了！"

"是在拍戏吗？"

"没看见导演啊！"

"看演员就好了，看导演干什么？"

"这戏拍得好，收视率肯定高！"

"还没开播呢！"

"就凭现在这场戏，致青春，很精彩！"

"哈哈哈……"

这一幕刚好被护士站的几个值班护士看到，她们随即议论开来。

听着护士们的议论，谢小余的脸唰一下红了，赶忙将蒋怡扶起来，随即拉起她的手，往走廊的另一端走了几步，躲开了护士们的眼神，避免尴尬。

整个过程发生得太突然了，蒋怡整个人还是蒙蒙的感觉，到了没人的地方才稍稍缓过神来，心里泛起一丝羞涩。

"刚才不好意思，我看你要倒了，想也没想就去拽你了。"谢小余说道。

"哪有，我应该感谢你才对，要不然我就直接倒在地上躺平了，说不定比现在还要尴尬。"

蒋怡说到这里，脸上不由自主地泛起了两朵红晕，就像两片云霞悄悄地附在她俊俏的脸上，整个人被衬托得更加姣美了。

"我们去护士站吧，还有事情没做呢。"蒋怡为避免一会儿李阳上来后有什么误会，对谢小余说道。

"好的。"谢小余心里也想着，毕竟是兄弟的女朋友，还是要把握分寸的。

走着走着，谢小余从兜里掏出了手机。

"我们加一个微信好友吧，以后方便联系。"

"嗯……"蒋怡配合地拿出手机，两人互相加了好友。

他们一起来到了护士站，因为刚才的一幕，护士们都以为他俩是一对情侣，其中一位护士主动调侃道："小两口还挺亲密的，大半夜在这里秀恩爱。"

"没有，没有，哦，不是，不是。"护士的调侃搞得蒋怡有些语无伦次了。一旁的谢小余倒不解释、不作声。

"咚咚咚"，随着一阵脚步声，李阳手里提着满满当当的两大袋东西朝着病房走来。他老远就看到谢小余和蒋怡正在护士站边上。谢小余为遮掩刚才发生的一幕，赶紧跑过去接李阳手里的东西，并挤着李阳直接往病房里走。

"兄弟，看来买得挺齐全的。"

"那必须的，关键时刻要抓住机会向准丈母娘献一下殷勤啊！"李阳面露微笑说道。

要是刚才的一幕让李阳看到了不知道会是什么场景，谢小余心里犯着嘀咕。

"还好还好，算是庆幸。"谢小余心想。

"你回来了，买了这么多东西，辛苦你了！"蒋怡脸上来不及退却的红晕，在医院白灼的灯光下格外显眼。

"你脸怎么这么红？"

"有吗？"说着，蒋怡不由自主地用手背抚了一下自己的脸颊，显得很害羞的样子。

"精神焕发呗！"为缓解尴尬，谢小余接过话题，俏皮地说道。

被谢小余一逗，李阳也乐了。

"老妈，这些都是李阳给你买的，你看有水果、牛奶，还有你最喜欢吃的金华酥饼，哈哈，这下你可生活不愁了。"蒋怡使劲儿表扬着李阳，"妈，你看李阳孝顺吧？"

蒋母看着在一旁削着苹果的李阳，心里也美滋滋的。

"你看，这孩子，一下子买这么多东西，不能让你破费，你花了多少钱，我给你。"

"不用不用，没几个钱的。"李阳推托着。

李阳把削好的苹果递给蒋怡，说道："给，让你妈吃个苹果，吃了就平平安安了。"

"你自己削的，你自己不会给呀？你自己拿去！"蒋怡借机说道，"你要主动一点。"

于是，李阳把苹果递给了蒋母："阿姨，吃个苹果。"

蒋母接过苹果，微笑着吃了起来。

"对了，你们年轻人明天都还有工作，这么晚了，你们早些回去吧，别耽误了正事。"蒋母催促道。

"没事，我们年轻，熬个夜没问题。"

"一一，你先送他们回去，太晚了，明天还上班呢！"

"好的，妈。"蒋怡应允道，"那你们俩先回去吧，李阳明天还要赶着去培训呢。"

蒋怡硬是将两个人送到了车上。

第四章

第二天，蒋怡一大早就来到了李阳的宿舍门口，送心上人去赶高铁。两人近段时间各忙各的，都很长时间没有过亲昵的情侣生活了，一见面总是特别腻歪。

"亲爱的，你又要出差了，我们刚难得有时间聚一下，马上又要分开了，真无趣。"蒋怡不满地说道，"你能不能再抱我一会儿……"

"再抱一会儿，我也不舍得你。但没办法，马上要下乡了，省里给我们这些下乡的驻村书记举办了一期培训班，要给我们系统培训一下农村工作方法，以及进行乡村振兴的一些政策辅导。"

"唉，那也没办法。蓝天上缕缕白云，是我心头丝丝离别的轻愁，然而我的心里会和天空一样晴朗，因为我想到了不久我们便可重逢。"

"我的文艺女神，送别的话语都是这么美。"

"那必须的，你不是也擅长写诗歌吗，我还仰慕你的才华呢！"

两人有说有笑，提着行李不知不觉来到了顺风车旁边。

"好了，我要出发了，就这么几天，时间会过得很快的，你就等着我归来吧，要乖乖的！"

李阳轻轻地拍了一下蒋怡的头，安抚道。

"对了，还有你妈住院的事也只能你自己跑前跑后了，我都帮不上忙了。"

"没事，你忙你的，你做得已经够好了，放心吧！"

两人依依不舍地道别后，车子朝着高铁站开去。

在高铁上，李阳迷迷糊糊睡着了，侧动了一下身子，却触手生温，他情难自禁地横臂将一人揽入怀中，还叫了一声："蒋怡！"

但是，他瞬间被人推开了。

那人随即怒骂："喂，你神经病啊！"

李阳睁开眼睛一看，刚才被他揽入怀中的并非他朝思暮想的蒋怡，而是一个短发齐耳、五官很精致、看着很干练的姑娘。

但她此时的眸子里有火，扬手指着李阳的鼻子，正要发飙。

李阳自知理亏，于是笑着说道："自从得了神经病，我整个人就精神多了。姑娘，你刚才也是不小心睡着了吧？不小心歪头靠在我的肩膀上了吧？不好意思，我想着我的女友，睡梦中，把你当成她了。"

那精明干练的姑娘脸顿时红了，仿佛想起了什么。

但她没做解释，也没再追究，侧开脸去了。

"谁没有个意外呀？"李阳嘀咕道。

随着刚才的一幕，两个年轻人以这种特别的方式相识了。

"对了，你这是到哪站下车呀？"

"我到嘉兴。"

"巧了，我也到嘉兴。"

"这样啊，莫非你也是参加省里组织培训的？"

"哪个培训？党的一大精神？"短发女孩俏皮地反问道。

"哈哈，党的一大精神光芒万丈，激励着我们继往开来，不忘初心，砥砺奋进。"李阳也故意顺着说道。

"年轻党员，觉悟倒是不错。"女孩说道。

"我叫李阳，年轻的革命者。"为方便聊天，李阳自报家门。

"我可不想和没有斗争经验的娃娃兵交流。"女孩又故意刁难道。

"也罢，革命同志相遇，叫声'同志'就好。"

就这样，两个人你一句我一句斗着嘴。

"同志，嘉兴站就要到了，做好下车准备。"

"知道了，同志。"女孩笑着说道。

还别说，这女孩笑起来挺好看的，大大的眼睛，浅浅的酒窝。

"我找到组织了。"李阳看到出口处举着"省委第五届青年干部培训班"的牌子，正想回过头和刚才的女孩道个别，不曾想那女孩也紧跟着走了过来。

"哦，原来我们是同道中人。"李阳见后，略带兴奋地说道。

"是同道中人没错，但我是老兵，你是新兵。革命道路上要论资排辈的。"

看着眼前这位姑娘伶牙俐齿的样子，李阳感到她不好惹。

"老革命也就是比我头发长了一点而已。"李阳调侃道。

一群人跟着接站人员上了大巴车。

"来来，我这儿还有位置。"李阳热情地邀约刚才的女孩坐到自己旁边的位置上来。

"怎么，革命传统教育上瘾了，想学更多的革命斗争经验？"屁股已经落座的女孩，嘴皮子依旧没放过李阳。

"这斗争嘛，要区分敌我矛盾，同志间理应相互学习，共同提高，共同进步。"

"这下谦虚了？"

一路上你一句我一句又开始了，但往往这样时间才过得快。

"大家好，我是本次培训班的班主任，我姓严，叫严敏，大家可以叫我小严老师。大家下车后，先到大厅办理入住手续，然后整理一下内务，十一点半左右到二楼餐厅用餐，中午休息一下，下午两点在1号楼四层报告厅参加开班仪式。开班后，下午安排了两个课时，今天的培训五点结束，然后用餐，用餐还是在住宿的4号楼二层，今天的安排大致内容就是这些。具体这一周的安排，大家一会儿领到的会序册上都有，有什么不明白的可以和我联系，我的电话是……"班主任严老师在快要下车的时候，向学员们介绍道。

"轻烟漠漠雨疏疏，碧瓦朱甍照水隅。幸有园林依燕第，不妨蓑笠钓鸳湖。渔歌欸乃声高下，远树溟濛色有无。徒倚阑干衫袖冷，令人归兴忆莼鲈。"入住后，打开窗户，正好看见远处临江的山上有一座楼宇，令李阳不禁想起了南宋时期杨万里描写嘉兴烟雨楼的诗句。

看完远处的风景，李阳转身拿起会序册，只见会序册首页上印着一段文字："1921 年 8 月初，中国共产党第一次全国代表大会在浙江嘉兴南湖的一条游船上胜利闭幕，庄严宣告中国共产党的诞生。这条游船因而获得了一个永载中国革命史册的名字——红船。从此，中国革命有了正确的前进方向，中国人民有了强大的凝聚力量，中国命运有了光明的发展前景。红船，见证了中国共产党人筚路蓝缕的创业担当，承载了共产党人忠诚为民的赤诚初心，定格了中国革命开天辟地的历史画面，也开启了中国革命新的坐标航向。从南湖红船启航到奋楫金沙江，从四渡赤水到饮马长江，从引领改革潮到领航中国梦，中国共产党改变了一个民族的走向和亿万人的命运。红船所代表和昭示的时代精神，成为铸就在中华儿女心中永不褪色的精神丰碑。"这段话瞬间激励起李阳奋斗新时代的热血情怀，这和这次培训班的主题是多么吻合——奋进新时代，砥砺奋进再出发。

第五章

在开班仪式上，省委陈副秘书长传达了省委相关领导对培训的重视，以及对这届青年干部培训班成员的殷切嘱托。他说道："青年干部只有胸怀天下、志存高远，把为人民幸福而奋斗作为自己最大的幸福，才能拥有高尚的、充实的人生。

"基层的天地也是青年干部追寻梦想、扎根梦想、成就梦想的肥沃土壤。青年干部要把追寻理想的目光放得更远一些。基层工作说到底都是群众工作，要干什么、怎么干、干出什么样的成效，需要围绕群众做工作，让老百姓来评价工作成绩是好是坏。在基层干，谋群众事，要始终把个人理想与人民群众对美好生活的向往结合起来，把个人理想与基层实际紧密结合在一起，与人民群众密切联系在一起，在实现集体价值中体现个人价值，从办实事中获取成就感，在基层变化中得到满足感，把实践理想的根向下扎得更深一些。

"青年干部身下基层，心也要走进基层，行动更要落实到基层。要在斗争中经风雨、见世面，就要在基层的广阔天地里摸爬滚打、千锤百炼。要'三省吾身'，为什么来？来干什么？要干成什么样？做到知行合一，抓住了主要矛盾的主要方面，紧盯目标，脚踏实地方能行稳致远，把实现理想的步子迈得更实一些。

"一个人的梦想不是喊口号喊出来的，也不是空有一腔热血、踌躇满志就能实现的。实现个人理想的过程，也是一个学习进步、取长补短的过程。青年干部带着朝气、意气和心气，满怀着热情、激情与豪情，要摆正心态，不懂就问。

"要紧盯困难事，在经验积累、学习进步的基础上，沉淀出敢干大事的底气与意志，锤炼出干成大事的能力与担当，把急难险重之事、急难愁盼之事扛在肩上，事不避难，在与困难斗争中挺起脊梁、增长才干。

"今天的中国，江山壮丽，人民豪迈，前程远大。尝遍千辛万苦，经历千难万险，穿越千山万水，人间正道，浩荡前行——中华民族伟大复兴进入了不可逆转的历史进程！在时代浪潮中坚定前进方向，在历史大势中成就美好明天，我们距离民族复兴的伟大梦想从未如此之近，我们实现这个伟大梦想的信心和力量从未如此之强。作为新时代的中国青年，要从百年奋斗经验中汲取力量，全面贯彻习近平新时代中国特色社会主义思想，以史为鉴、开创未来，埋头苦干、勇毅前行，为实现第二个百年奋斗目标、实现中华民族伟大复兴的中国梦而不懈奋斗。"

　　领导开班动员的讲话瞬间激起了参加培训学员的热血。晚上培训班按照小组分工，围绕领导开班动员的讲话精神开展了小组讨论。令李阳没想到的是，高铁上遇到的女孩竟然和自己是一个小组的。并且在围坐的圆桌边，她坐到了李阳对面的位置。于是，李阳朝着对面的女孩礼貌地打了个招呼，没想到，对面女孩故意装出一副不认识他的样子，没怎么理会李阳。

　　"小组讨论，逐个发言，按照座位从左边轮过去。"负责主持的小组长宣布了小组讨论的顺序。

　　"听了省委领导的开班动员讲话及下午省委党校老师的授课，受益匪浅，我将以这次培训为契机，充分发挥驻村锻炼的机会，协同村两委班子成员奋力进取，鼓足干劲，进一步夯实基层党组织战斗堡垒，加强农业技术教育培训，打造出村级的特色产业，广泛带动村民群众增收致富，广泛调研借鉴先进经验，结合驻村的实际推进村级工作发展，确保乡村振兴各项工作取得实效。"

　　"开班动员和下午的授课，使我不断提高思想觉悟，增强了解放思想意识和改革创新意识，强化了自身服务群众的坚定意志。经过学习培训，我对党建引领推动乡村振兴的理论实质和精神要义有了更加直观、更加深刻、更加真切的认识。我后续将更加注重学习的成效，结合基层实际，把关于乡村振兴的工作要领学深学透。"

　　…………

"没想到，大家都挺能讲的，不得了不得了，看来自己也要打个腹稿，免得第一次就比人家逊色了。"李阳听了前几位同学的发言，心中嘀咕着，顺势不忘再看一眼对面那位"冰冷的驴友"。

"接着，下一位。"思想开小差的李阳没注意到坐自己边上的同学已经讲完了，此刻轮到他发言了。由于事出突然，他心里不免有些紧张起来。

"哦，这么快轮到我了，呵呵，一下子好像还没怎么准备，讲得不好的地方大家见谅。"李阳的开场白，不免让部分同学鄙视，尤其是对面的那位，她此刻轻蔑地看了李阳一眼，很是嫌弃。

"这样，我就开门见山吧。我觉得作为马上要赴任的驻村第一书记，推进乡村振兴工作，首先要进一步健全党建引领农业产业服务体系，进一步完善农业社会化服务模式，做好农业技术、植保、农机等要素保障服务，确保产业发展到哪里，服务和保障就延伸到哪里，切实为乡村振兴扫除障碍、提供保障。其次，要在推进乡村振兴过程中，注重因地制宜，凸显地域特色，走出差异化发展的路子。要根据所在村镇的特点，因势利导，把农业的产业集群优势发挥出来，把农民参与农业的积极性发挥出来。实施'头雁工程'，打造领航乡村建设的新标杆。我觉得'领头雁'队伍建设是乡村振兴的重中之重，也是抓好农村工作的关键。再次，就是要注重人才建设。乡村振兴，人才是关键因素，更是第一资源，要推动形成以乡贤为主体的人才资源回归。大力培养新型农民，根据产业发展规划，重点培养农业主导产业人才，培养优质农业种植人才，培养产业生产管理人才，有针对性地培养专业农民，以适应不同产业业态对人才的需要。同时，要统筹涉农人才力量，集中力量推进乡村振兴。最后，要不断深化党风廉政建设，认真学习贯彻习近平新时代中国特色社会主义思想，深入推进党史学习教育常态化、制度化，持续推进'大学习、大讨论、大调研'活动，将理论知识运用在乡村振兴实践工作上。严格落实'两个责任'，加强廉洁教育，引导和激励全村党员干部争做'为民、务实、清廉'的表率。持之以恒抓好党风廉政建设和反腐败工作，持续用力正风肃纪，营造良好政治生态，充分发挥村党总支部在乡村振兴中的战斗堡垒作用。我就浅显地谈四点体会，不足之处请大家批评指正，谢谢大家！"

李阳的个人体会发言结束，对面的女孩第一个带头鼓起掌来，随后会场响起一阵热烈的掌声。此时，李阳看着对面的女孩，故意做了一个滑稽的表情。

"我就顺着刚才那位李阳同学的话题，来谈一下我个人的学习心得。"轮到对面的女孩发言了，她的开场白不免令李阳心里既激动又期待了一下。

第六章

　　"现在农村普遍的一个共性问题是各类人才'招不来、留不住'，村级组织基础薄弱，后备力量严重不足，专业技术人才十分匮乏，如果不想办法解决这一突出瓶颈，必将给全面推进乡村振兴带来极大的影响。我们作为驻村第一书记，应重点从两个方面抓起。一方面，要坚持外引内培并重，打破人才因素掣肘，建设一支高素质的乡村振兴人才队伍。同时，结合所驻村的实际，充分利用调查研究，形成调研报告，促使相关部门出台优惠政策，放宽准入条件，从各类大专院校毕业生中招录一批高学历专业人才。在此基础上，要大力推行'扶贫社＋专业团队'的开发模式，加强与知名旅游团队深入合作，做大做强乡村旅游。另一方面，充分发挥好'新村讲坛'等平台作用，组织开展业务培训，大力实施'青蓝工程'，在村级后备干部培养选拔上下功夫，培优建强村级班子，为一体推进乡村振兴提供坚强有力的保障。"

　　好一曲琴瑟共鸣。李阳听了对面女孩的讲话，对照学员手册，对号入座找到了，原来女孩叫李雨涵。

"好，讲得好。"李阳情不自禁地当着大家的面喝起彩来。

"你们两个讲得都很好，看问题都很深入，分析问题也很到位。说明你们平时都有在做这方面的研究，很不错。其他同学也要向他们学习，充分利用这次培训学习的机会，坚持理论联系实际，学到真本领，回去后为乡村振兴、为全面推进建设社会主义现代化目标发挥积极作用！"不知何时，班主任老师来到了会场，并当面表扬了李阳和李雨涵两个人的个人体会发言。

"其他同学继续。"

…………

此刻，在李阳的心里对路上遇到的这位姑娘有了不一样的认知。同样地，李雨涵听了刚才李阳的发言，也很佩服他的学识。虽然李阳是即兴的，但恰恰是即兴的发言，才体现出这位小伙儿具有良好的观察问题、思考问题和解决问题的能力。

从此，李雨涵打破了一开始她对李阳最多是个"大路货"的认知，有了钦佩的感受，心里也不知不觉被他吸引。

"我叫李雨涵，很高兴认识你。"

会议结束，李雨涵有意放慢了出会场的脚步，李阳心里也明白她是有意等着自己，于是李阳很主动地走了过去。

"你不是不情愿告诉我你的名字吗？哈哈哈！"

"你……你怎么这么记仇啊！"

"开玩笑，开玩笑，千万不要生气，生气的样子没有微笑的样子好看。"李阳说着做了个鬼脸。

"我叫李阳，和你一样的李，照着你的阳。"

李阳也再次介绍道，但这次介绍得不太一样，"阳"变成了"照着你的阳"。

"什么叫照着我的阳，嘚瑟！"

两人既像刚刚认识的，又像是久别重逢的老朋友，一种很奇妙的感觉，让两个人自己也说不清楚。

"没想到你还能接着我的话题继续深入地阐述关于农村各种人才缺乏的问题，看来你平时也有关注。"

"那是，工欲善其事,必先利其器，磨刀不误砍柴工嘛。不过，从你谈体会的过程中，我也觉察到了你对这一块还是有自己独到见解的。"

李雨涵说道，脸上掠过一丝敬佩和欣赏的表情。

不知不觉，两个人来到了党校的小公园，沿着翠柏花草、踩着鹅卵石的小道转起了圈，边走边十分投机地聊着。

蒋怡一边忙着工作，一边又要照顾还没有出院的妈妈，分身乏术，感觉身心疲惫。

这天，蒋怡的妈妈要做手术了，医生找到蒋怡让她在手术告知书上签字。医生告诉了她手术的相关风险，出于医生的职业习惯，往往会把很多意外情况说在前面。蒋怡听了后，心里很担心，一直不太敢签下这个字。于是，她想起李阳，想征求一下他的意见，于是拨通了电话，但电话铃声刚刚响了一下就被李阳挂掉了。蒋怡心里有些不悦。随后，李阳发过来一条信息，说自己正在培训，培训班上有明确的课堂纪律，不让接听电话、随意走动。

蒋怡看着信息，心里有一种很复杂的感觉。原本想着让李阳拿个主意，没想到，他根本没时间接电话。于是，她就回了一条信息："没事，你安心上课吧。"

没办法，一个"弱女子"在无助的时候总会想寻求熟人的帮助。于是，她拿起电话，拨给了谢小余："喂，你好。"

"你好呀，美女！"

"有个事想咨询你一下，并想让你和我一起……"

"什么事呀，还非要一起？哈哈哈！"

"是这样的，我妈明天要做手术，今天要我把手术告知单签好字，还有麻醉的告知单什么的，可那些医生讲得有些吓人，我拿不定主意。"

"这样啊，那好，你在医院等我一下，我整理一下手头的事情，抓紧时间赶过去。"

"好的，好的。"

蒋怡在忐忑中等着，时间仿佛有意和她过不去一样，等待的过程显得特别漫长。

过了半小时左右，谢小余赶了过来。

"蒋怡，我来了，我们一起过去吧。"

他们俩赶到了医生办公室。

"你带上男朋友来了，签字这样的事还是要男的才行，女孩子胆小，呵呵。"

骨科的医生见到谢小余风趣地说道。

"没有，这不是……"正当蒋怡要说出"不是我男朋友"的时候，谢小余使劲拽了一下蒋怡的衣角，示意她不用说得这么明白。

"是的，医生，毕竟也是手术，手术终归会有风险，还是要慎重一些才好。"谢小余赶紧接着蒋怡的话说道。

"小伙子就是明事理，那这样，我把手术的基本情况和存在的风险再说一遍。

"手术主要是针对盆骨部位的骨折，由于骨折的位置比较特殊，手术有一定的难度，也有很大的可能性要临时穿插一根较长的钢钉进去，把接好的骨头固定住。整个手术要三个多小时，因此要选择全麻。实施全麻就相应地带来一些风险，这具体的事项麻醉科的大夫会详细说的。

"我这里主要是告知手术过程、手术后的相关事项，手术过程已经说了，手术后注意事项是所谓的'伤筋动骨一百天'，那最起码两个月，病人不能坐立、不能走动，不然，伤口一旦裂开，或者更为严重的是骨折处断开就麻烦了，所以一定要加强养护。"

"好的，好的，我们会按照要求去加强养护的，没问题。"

"那就好，谁来把这份告知书签一下字？"

"去吧，没事的，有我在呢！"谢小余鼓励着蒋怡去签字。

在医生的指导下，蒋怡签好了字。

"你们带着病人到麻醉科去签一下字。"

于是两个人来到了病房，蒋母看到谢小余，犹豫了一下："这小伙子很面熟啊，好像在哪里见过，但又好像不认识，你看年纪大了就是麻烦，这记性不行了，眼前的事情一点也记不住，早几年前的事倒是记得很清楚。"

"这是谢小余，那天你摔伤住院的时候，他一起帮忙的。"

"哦，对对对，是的，难怪这么眼熟。"

"这……"蒋怡面对自己的妈妈也是无语了。

第七章

"你男朋友是李阳，你和他又是什么关系？你可不能脚踩两只船。"蒋母悄悄对蒋怡说道。

"我哪有，这是李阳的发小、好朋友，这不李阳到省里培训去了嘛，我是没办法，找了他兄弟来帮忙的。"

"那就好，那就好。"

说着，蒋怡和谢小余用轮椅推着蒋母，朝着医院2号楼二层的麻醉科走去。

"病号多少？"

"骨伤科病房50床。"

"知道开什么部位的刀吗？"

"盆骨骨折。"

"有什么药过敏的吗？"

"平时没怎么用药，应该没有吧？"蒋怡看着妈妈支支吾吾答不上来，替她回答道。

随后，医生又问了一些关于基础疾病的情况。在了解病人的基本情况后，医生对蒋怡和谢小余两个人说道："你们的妈妈，基本情况还算好的，符合全麻的基本条件，但就全麻带来的一些风险，我在这里必须和你们说清楚。一是全麻后在手术中可能会存在病人抽搐、呕吐物堵塞器官的情况，有窒息死亡的风险；二是全麻过程对于心脏不好的人可能会造成心肌过激反应，有休克的风险；三是术后由于全麻造成某些脏器的应激反应，可能有很难苏醒等情况。这些情况家属都知道了吗？"

此刻，被医生一说，谢小余也有些拿不准了，不由自主地朝着蒋怡看了一眼，蒋怡也是面色发白，不敢答话。

"知道了，没事，有医生的嘛。"谢小余此刻也知道，蒋怡心里是很没底，还得他来拿主意。

"是的，没事，没事。"

"那你们就签字吧。"

"好的，好的。"

签字的时候，谢小余把蒋怡推到前面，这个事必须她自己来完成，他替代不了。

医院安排第二天上午十点半左右手术，一大早谢小余又来到了医院，并给蒋怡带了一份早餐，很是温柔体贴。

那一边，李阳一天四节课，晚上依旧是常规的学习讨论。和李雨涵一组让李阳心里很期待上课，尤其是晚上的讨论时间，两个人总能很默契地说到一个话题上去，彼此之间仿佛有一种力量在牵引，而两个人的观点站位也比其他同学略高，看问题也更加深入。

"今天讨论结束得有些早，要不我们一会儿到周边去逛逛？"

"就我们俩吗？"

"我们很多时候看问题的观点都比较一致，很多话题我们还可以深入交流呢。再说，白天学习那么辛苦，也适合走一走，锻炼一下呗，有助于睡眠。"

李阳为了把李雨涵拖去散步，竟然找了这么多理由。

"那好吧，我去换一件衣服，你在这儿等我一下。"

"好的。"

李阳和李雨涵并肩向校门口走去，沿着街道的人行道，不一会儿来到落霞峰下。落霞峰很有特色，它坐落在城市里，独自矗立在城市的钢筋水泥之间，而山上苍翠欲滴，风景特别雅致。每到傍晚夕阳西斜，金灿灿的余晖照射在山上的藏经阁，形成了一道别样的风景。建于南宋的藏经阁依山势而建，是一座三层木制小楼，看上去极其古朴自然。

"要不我们去前面登落霞峰吧。"此刻，看到美景，李雨涵倒是主动地邀约了。

"好，一边登山一边聊我们的乡村振兴计划。"

"哈哈,登山都气喘吁吁了,还'乡村振兴计划',我看你先完成这次的登山计划再说吧。"

于是,两人有说有笑地沿着登山的台阶逐级往山顶走去。山路两旁,翠绿的松柏和不知名的野花交相辉映,把山色映衬得更加亮丽。

此刻的李阳,完全把蒋母今天要做手术的事抛在脑后了。

这边,蒋怡有谢小余陪着倒也宽慰多了。她是有意地不给李阳打电话,看他能不能主动来一个电话,但左等右等,始终没有消息。

谢小余也看出了蒋怡的心事,但此刻又不能说自己兄弟的不是。于是,他偷偷给好兄弟发了一条信息,让他打个电话过来安慰一下蒋怡。

李阳看到信息才反应过来自己把这件事情完全忘记了。他很不好意思地赶紧给蒋怡打去了电话。

"亲爱的,你妈手术怎么样?还顺利吗?现在开刀后,感觉怎么样?"

"一听这话语无伦次的,你到现在才想起来?"

"不好意思,不好意思,这几天一直忙着上课,下课后、晚上都要进行小组讨论,有时候会很迟,所以……"

"算了算了,没事了,反正现在已经手术成功了。再说,谢哥在这里呢,他帮了我很多。"

"噢,我兄弟在就好,有他在就和我在一样,有什么事你吩咐他就行,等我回来再补偿你。亲,辛苦啦!"

挂断电话,蒋怡不免有些惆怅,心里想着:"这人啊,有人心疼时,眼泪才是眼泪,否则只是带着咸味的液体;被人呵护着,撒娇才是撒娇,要不然就是作死。"想起和李阳的点点滴滴,一路过来,有那么多美好的记忆,他也像一个温暖、阳光的大男孩,时刻在意自己、保护自己,现在才出去几天好像就变了,变得那样陌生。

"红尘陌上,独自行走,绿萝拂过衣襟,青云打湿诺言。山和水可以两两相忘,日与月可以毫无瓜葛。那时候,只一个人的浮世清欢,一个人的细水长流。"婺江边上,一个路人刚好念出这样一段话,更加激起了蒋怡的坏情绪。

谢小余觉察到蒋怡的心情,他走过去,默默地陪着她走了一段路。蒋怡越想越伤心,一开始李阳要去驻村,她心里就有一些担心,想着两个人分开久了会不会变心。现在倒好,分开才这么几天,去培个训就忙得不可开交了,把一些重要的事情也忘记了,她心里很是担心后面他们的爱情路怎么走。

谢小余一直默默地陪伴着她。一路上婺江温和的风徐徐吹来,两岸灯光闪烁着,映衬着山水,有一番夜间江南水乡轻柔的美。

"轻柔的美，故乡的美。"

"什么，青楼？你怎么会想到青楼的？"心不在焉的蒋怡，把谢小余随口而出的"轻柔"听成了"青楼"，她很惊讶地看向谢小余。

"什么青楼，我说是轻柔的美。"

"啊？！"蒋怡不由得笑出声来，"你看我，这都是什么跟什么呀。"

蒋怡很不好意思地看向谢小余，此刻谢小余也正好在看着蒋怡，两人带着笑意的眼神相对时，脸颊不由得都泛起了丝丝红润，别样的气氛在空气中弥漫开来，仿佛"春"的气息。

第八章

　　眼看着培训就要结束了，大家也纷纷酝酿着写结业总结。写总结对于这些参加培训的人来说，那是手到擒来，但这次培训的规格比较高，培训的内容又涉及自己后续的工作，所以大家极为重视自己的总结质量，毕竟这也是一次展示自己的机会。

　　"工欲善其事，必先利其器。"为了写好培训学习的总结，李阳和李雨涵两个人更是经常在一起，共同回顾和探讨整个培训学习的所有课程，把课程里面的精髓知识点罗列出来，然后加以整理，再搜集当前乡村振兴方面的一些理论知识，将理论和学习体验很好地结合起来，这样文章就显得有血有肉，不会泛泛而谈，同时又能有别于其他人，呈现出来的观点也更加鲜明。关键是他们两个人的材料还具有互补性，放在一起更加显得鹤立鸡群，让人耳目一新。

　　"我们目前国内的经济和社会发展现状是：多数的脱贫任务和脱贫困难都相对集中于广大的农村地区，尤其是偏远的山区，而这些区域相对来说，各种资源又都很有限，当地的干部也相对来说同外面的接触不是很多，思路也不是很活跃。那么，我们着手推进乡村振兴，应该思考如何做到脱贫攻坚与乡村振兴战略相结合，发挥'1+1 > 2'的促进作用，需要我们规划措施、具体落实双管齐下。

"在措施的规划上，要体现全面覆盖和精准针对的要求。对于重点的农村低收入人口和欠发达地区，建立相应的帮扶机制，保持一定的财政投入力度，以求总体稳定。对于帮助欠发达的地区脱贫，可集中力量支持一批乡村振兴重点帮扶项目，因地制宜地推动当地产业发展，挖掘其自身发展潜力以及巩固脱贫成果。对于返贫问题，健全防止返贫动态监测和配套的帮扶机制，杜绝贫困户在脱贫和返贫之间来回挣扎。对于农村地区的社会保障和救助体系，推动其积极与乡村振兴同配套适应，确保广大的农村人口有应对风险、自然灾害和疾病的能力。"

李阳把自己写的部分内容讲给李雨涵听，李雨涵听了表示："你看问题还是很有深度的，逻辑也很严谨，思路也够清晰，挺不错的。

"但我想，你应该在具体落实上再考虑一步。比如，制定的政策离不开部门、个人的落实，所以乡村振兴就离不开专业人才的支撑。乡村振兴战略的实施需要培养造就一支懂农业、懂农村、爱农民的'三农'队伍。这支队伍要深入脱贫地区了解实情，根据当地特色和优势条件，配套互联网的信息资源，在乡村振兴中发挥引领作用。对于'三农'队伍的下乡问题，需要拓宽引才聚智的渠道，如通过现有的公务员招录制度、事业单位招聘制度等方式，将'三农'人才聚集到乡村来，为乡村振兴战略的实施和推进贡献力量、发挥作用。对于'三农'队伍的培训问题，需要注重当地人才的训练养成，通过高职院校、职业技能培训等提升本地青壮年人才的知识文化水平和职业实践能力，为乡村培养一批用得上、留得住的本土人才。我建议你再加上这些内容，就更加实际了，又具有了可操作性。"

"加得好，加得妙。脱贫攻坚和乡村振兴两者内涵都是改善人民生活品质、提高社会建设水平，属异曲同工之妙。广袤大地上，世世代代面朝黄土背朝天的中国农民已经不再饱受饥寒之苦，如今在党中央的带领下，将会走上一条越来越幸福的道路。等我听完你的结尾我再续上这一段。

"那你写得怎么样了？读给我听听！"

"我写得不好。"

"没事，念一段吧。"

"露从今夜白，月是故乡明。故乡是精神的依托，是灵魂的归宿。乡情是'每逢佳节倍思亲'的怀恋，是慈母手中那根缝缝补补的丝线，是'造福乡梓'的动力。在乡村振兴战略的感召下，在浓烈乡情的萦绕中，越来越多的人选择返乡创业就业，为家乡的发展贡献力量。

"乡情呼唤青年创业，绽放青春光彩。进入新时代，乡情对于促进乡村振兴，越发凸显出其重要的意义。在过去，亿万农民工从农村到城市谋职，为获得发展机遇而背井离乡实属无奈。今天，在国家政策的大力支持下，越来越多的年轻人选择回到家乡创业就业，他们以先进的知识技术、敢尝试敢创新的勇气，成为助推农村经济发展的新生力量。无论是返乡发展的农村电商，还是发展'新农业'的带头人，广大青年在农村必有可为，且大有可为。对他们来说，乡情不仅仅是情怀，更是一份沉甸甸的责任。正如许多大学毕业生纷纷参加'大学生村官''西部计划志愿者'等基层服务一样，他们毅然选择投身基层建设，在奋斗中去实现个人价值，彰显出了青春光彩。

"乡情推动生产力革新，促进产业发展。乡情是一份牵挂，对于在外漂泊的游子而言，乡情具有不可比拟的'情感引力'。许多在城市打拼的'异乡人'站稳脚跟后，由于在快节奏的'内卷'下，精神越来越感觉疲惫，最终还是会决定回归故里。因为故乡有新时代的大好机遇，在城乡结构调整的过程中，由城市到农村的流动格局已经开始形成，不愿背井离乡、心系家庭的剩余劳动力正在形成新的人口红利，全新的产业技术组合将促使农村生产力发生质的飞跃。优美的自然风光和乡土优势是农村不可多得的地理资源，悠久的古树民宅和农业传统是乡村历久弥新的文化资源。

"面对日益增长的对美好生活的心理需求，故乡不仅仅是一份挂念，更是我们精神'天然的供给侧'。正是这种力量，坚定了我们常驻故里的决心，作为新时代有为青年，我们要利用好这些发展红利，促进农村产业新发展，为乡村振兴谋福祉。'为什么我的眼里常含泪水？因为我对这土地爱得深沉。'我们有理由相信，在乡情的感召下，在希望的田野上，越来越多的人会选择回归家乡，投入广阔的天地，大展才华、大显身手，越来越多志同道合的人才汇集成一支强大的乡村振兴队伍，不断绽放青春光彩，促进产业发展，为建设美丽乡村贡献磅礴之力！"

"前面一段是核心部分，这一段是我的结尾，你感觉如何？"

"啊，读完了？好！好！好！刚刚我都听得入迷了。细腻的笔触、真挚的情感和充满青春力量的激情，太好了！"

李阳从陶醉的表情中逐渐回过神来，赶忙夸赞道。

第九章

到了结业仪式前，班级要求每个小组推荐一名代表发言，发言的代表自然入选为班级的优秀学员。小组里面优秀的人太多了，于是大家只能采用民主推荐的方式来决定人选。民主推荐环节，大家一时间都不太好意思选自己，纷纷推荐了自己熟悉的人，因此人选很不集中。为此组长发言了："照你们这样推荐，我们的代表怎么产生啊，这又不是选一大代表，搞得大家都这么谦恭，这样好了，我们还是采用无记名投票决定吧，大家认为如何？"

"好的，好的。"大家一致同意。无记名投票的结果出乎大家的意料，有两人获得的票数一样，这两人分别是李阳和李雨涵。这也太有戏剧性了，大家一听，有几个没忍住"扑哧"笑出了声。消息灵通的都知道，这两人私底下关系最好，这会儿成了竞争对手，有好戏看了。

"这两个人的票数一样该怎么办呢？"这下轮到组长犯难了。

"要不这样吧，由他们俩自己决定谁去发言好了。"组长说道。

"行啊，行啊。"大家似乎都有点不嫌事大一般，纷纷表示认同。此时，李雨涵张开嘴似乎要表达什么，但第一时间被李阳给制止了。

"那行，那就我们自己商量。"李阳说道。

"太烦了吧，让他们自己决定，怎么决定？这样，我来推选一个人，我看就李雨涵好了，形象好、气质佳，关键是普通话标准。哈哈哈……"其中一个学员说道。

"那不行，我看李阳的水平更高，还会写诗，在发言过程中再附上一首诗，那多精彩呀，就凭这个，我们能把其他组碾压。"

"我看，让李阳上吧。刚刚我投给了我自己，我那票不算，不具备代表性。"李雨涵见大家争执不下，故意拿自己开刀。其实，那一票她投给了李阳。

"那行吧，既然李雨涵自动退出了，那就李阳了。李阳加油，看好你。"组长做了一个"加油"的动作。

"雨涵，会上你为什么要那样说？我知道你的票肯定是投给我的，你那样说，人家会以为你是一个自私的人。"会后，李阳三步并作两步追上了李雨涵。

"这有什么，没事的，事实就是如此嘛。再说，你发言的经验比我要多，这毕竟是要代表我们组水平的。"李雨涵故作轻松地说道。

第二天，李阳到了台上，果然表现不错，还真的自己创作了一首诗歌，把它融入了发言稿里面，赢得了大家的一阵掌声。

我们慕名而来

不是因为田园牧歌、粉墙黛瓦

也不是因为溪水泛起的浪花打湿了姑娘的裙摆

更不是因为古朴的村庄梳洗打扮后娇艳的面貌

"振兴乡村、共同富裕"才是我们此行的真正意义

微风拂面，杨柳依依，流水淙淙

荷花不断摆弄出各种妩媚的姿态

远处的老牛也耐不住，总是一次又一次地回眸

水田、旱地、房舍、石板路平仄有序

壶源江也学会了谱曲，今天特意用青春音符

为我们填写了一首崭新的"时代之歌"

登高才能望远

长狗岭的山冈是看全景最好的地方

站在古道边、亭子上

流逝的历史，当前的故事，未来的希望

都在每个人的眼里

我们的青春志向

我们的顽强意志

我们团队一路走来的美好点滴

都被描绘成诗，与远方

结业典礼后，学校特意安排了一个十分有趣的活动，即组织大家在自助餐厅开展制作食品的 DIY（自己动手制作）活动。大家听到这个活动都很开心。李阳自然选择和李雨涵搭档，组成了制作小组，可这下难倒了不会下厨的李雨涵。

"不好意思，李阳，悄悄地问你一下，你擅长烹饪吗？"

"烹饪，我可不会。"李阳故意说道。

"啊？那你还选择和我一起，那我们岂不是让人家看笑话了。"

"不会烹饪，但我会烧菜呀！哈哈哈！"

"你这人真坏！"

说着，李雨涵拿着汤勺追起了李阳……

"你可听好了，你只负责两件事，一件是不许捣乱，另一件就是吃。"

"好嘞，好嘞，这两件事我擅长。"此刻，李雨涵的头点得像小鸡啄米一样。

第一道菜：家酿豆腐。做法有点复杂，但很好吃。李阳看着跟在他后面屁颠屁颠、忙前忙后的李雨涵，有点想笑。但为显得两个人配合默契，他一边介绍菜肴，一边提高声音故意说给周边的其他人听。

"首先，我们要挑选上好的猪里脊肉，当然牛肉也行，把里脊肉剁碎。"李阳一边剁着一边说。

肉剁碎后，李阳往肉馅里面加少许盐、生抽、胡椒粉和蚝油，然后拌匀。拌匀后，往馅料里面加 100 毫升左右的水，再次把馅料搅拌筋道。

"第二步是要把老豆腐改刀切成 5 厘米乘 5 厘米的方块，然后把豆腐正面掏空，但不能露底。把掏出来的豆腐放在碗里，后续还要用的。再把猪肉馅料塞到豆腐孔洞里面去，填平后，最上面铺上豆腐把馅料盖住。第三步就是煎豆腐，要注意的是待油温略高时，再放入豆腐块，这样不会粘锅。全部放入后要开小火，慢慢地把四个面都煎成金黄色。煎好后，再放一点料酒、生抽，如果有高汤就倒入一些高汤，炖煮一下。大约煮个五分钟关火，放入葱花就好了。"

这道菜做好后，李雨涵就迫不及待地品尝了起来。她第一次吃到这样做的豆腐，感觉太好吃了。

"这道菜是我外婆教我的。外婆去年去世了，为了纪念我的外婆，我第一道菜就选择做这个，这也是妈妈的味道。"李阳说道。说到外婆的时候，他眼眶里面明显有亮晶晶的液体闪过，可见他和外婆的感情有多好。

"妈妈的味道真好！李阳你太厉害了，真是上得了厅堂、下得了厨房，文武全才呀！"

"这哪儿跟哪儿啊，上得了厅堂、下得了厨房是形容你们女性的好不好。"

"一样一样，男女平等嘛！哈哈哈！"说着，李雨涵端着热气腾腾的豆腐开始到处炫耀去了。李阳看着如此可爱的搭档，也不由得笑出声来。

第十章

李阳一口气做了五六道菜品，有海鲜类的梭子蟹炒年糕，有江鲜类的红烧黄辣丁，有山珍类的油爆鸡爪菇，有家常的"妈妈牌"红烧肉，还有一个酸辣羹，再加上刚才的那道家酿豆腐，可谓山珍海味样样齐全了。看着这一桌的菜，可把李雨涵馋得直流口水。同时，她也不断地向周边炫耀李阳的厨艺，关键是周边有好几对搭档，都是不会做菜的凑到了一起，一顿手忙脚乱，没做出来两个菜，忙出一身汗，效果还不好，做出来的东西看着黑不溜秋的，既没卖相，也没口感。这和李阳一比较，那差距好比一架是苏 –27，另一架是歼 –20。

看这结果，可把李雨涵给美的。大家拼桌一起吃菜，显然李阳的菜品无论是主菜、辅菜的颜色搭配上还是味道上都属于上品，更重要的是在李雨涵的"叫卖声"中，大家纷纷来抢着品尝李阳的菜品，一下子就被扫荡一空了。

"李阳，没想到你理论水平高，这居家过日子的水平也很高嘛，要是哪个女孩子嫁给你，那真的是好福气呀！"其中一个女同学故意看着李雨涵朝着李阳说道。

"你现在可以追他嘛！"李雨涵故意对刚才调侃的女生说道。

"我们哪有这样的福气呀，这如意郎君只怕早就被某人盯牢了。"一大群男男女女都不约而同地笑了起来，这笑声传遍了校园，穿透了云层，也预示着，在党校的学习时光就要画上一个句号了。

这批由省内各个地市汇聚而来一起参加培训的同学就要各奔东西了。但他们从这里走出去，前面是一条希望和挑战并存、坦途和荆棘共生的道路，走出来，走成功了，那就是不负青春、不负时代。

"不是每朵浪花都为沙滩而涌，不是每颗星星都为谧夜而明，不是每次细雨都为麦苗而落，但我的信息只为你的快乐而来。"

半夜，李阳收到了李雨涵发来的一条信息。看后，他一下子感觉很有深意，夜半时光正适合慢慢地品读这样的文字，细品文字后面的深意。看了一会儿，琢磨了一会儿，李阳也给李雨涵回复了一段文字：

"努力奔赴更好的未来，让我们顶峰相见！朋友之间相互鼓励，我们之间相互帮助。这次的分别，只是为了努力奔赴未来更好的相聚，让我们在美好的人生相遇吧！给我们的未来一份期盼，期待佳音！"

"晚风拂过我的脸庞，一场错开的花季，埋首烟波，似水流。我将手中画笔散落，乱了晴天的阴霾，终是成了剪影。往事如烟，一纸愁情，乱了我的世界，你一低头，写伤了一片天。"此时，李阳紧接着收到了蒋怡发来的一条信息。看后，他顿感悲伤，料定此刻，蒋怡心里很沮丧、很无助，也很想念自己。想想自己这段时间，忙着培训，忙着讨论，忙着……就是冷落了自己的女友。

疏忽了对蒋怡的关心，李阳自己心里也是知道的，但有些时候，眼前人的感觉会来得更加立体。

"那一世，你为蝴蝶，我为落花，花心已碎，蝶翼天涯；那一世，你为繁星，我为月牙，形影相错，空负年华；那一世，你为歌女，我为琵琶，乱世笙歌，深情天下，金戈铁马，水月镜花，容华一刹那，那缕传世的青烟，点缀着你我结缘的童话。不问贵贱，不顾浮华，三千华发，一生牵挂。"李阳还是动了一下脑筋，抄写了一段文字，希望能够宽慰一下蒋怡的心。他只盼着自己早些回去，当面给她一个温暖的拥抱。

第二天，到了大家离校的时间了，李阳选择和李雨涵同道返回。这倒是有点像现代版的梁山伯和祝英台，只是，他们是在明了性别的情况下、共同学习的过程中，产生了一些情愫。

路上，两个人围绕共同的话题一直聊着。

"对了，你回去后，会分到哪里去驻村呢？"

"我还不知道呢，难道你知道了？"

"我基本上是我们老家那一片吧。"

"你老家，兰溪马涧那边？"

"是的，怎么，有想法？"

"我哪有什么想法，再说想了也没用，驻村的事，我们又没得选择，要服从分配的。革命的砖头，哪里有需要就往哪里搬。"

"好吧！"李雨涵听了有些沮丧。

"那我们记得要保持联系。"

"好的，我们一起等待彼此的好消息吧。"

下了高铁，两个人在出站口很是不舍地分别。

回到住处，放下行李，李阳就给蒋怡打去了电话：

"喂，亲爱的，你在哪儿呢？我已经回来了，现在去找你，晚上一起吃饭吧。"

"噢，你回来了呀，我现在正陪着我妈在老家呢，不在金华。你自己好好休息一下吧，培训也很累的。"

"这样啊，那你好好照顾你妈，我抽空去看你们。"

"你自己看吧，没时间的话就算了，没事的。"蒋怡说这话的时候，李阳感觉冷冰冰的，觉察到了异样的感觉。

"老谢，你在哪儿呢？我已经回来了，晚上你给我接个风、洗个尘呗！"李阳紧接着拨通了好兄弟谢小余的电话。

"还接风洗尘？我看你是在外面都洗得很干净了吧？把自己婆娘和兄弟都忘得干干净净了，还接风，我看你自己先喝西北风去吧！"

"你这小子什么意思呀？"李阳没想到好兄弟会这样数落他。

但数落归数落，谢小余还是找了个地方，带上"82年"的老酒，和李阳"酒酒归真"来了。

桌上，谢小余还是把李阳一顿数落，说这些天，蒋怡一个人既要照顾她妈妈，又要上班，多不容易，多辛苦！责怪李阳电话也少，信息也少，话也少，感情付出也少，反正都是少。

李阳听了也感觉到自己有些怠慢了："但我听说你小子好像一直在帮忙，关键时刻，还是兄弟靠谱呀！

"哎，不对，这兄弟归兄弟，你可不能假借东风、乘机而上啊！"李阳说了上半句，感觉有些不对，又立马补充了一句。

"我才不会干这缺德事呢！"谢小余听了李阳的话，一边说一边耳根感觉有些发烫。

第十一章

在家休息没几天的李阳接到科里的电话，让他赶到兰溪柏社乡去开会。这一路上，他不断在琢磨，究竟是什么事呢，这么着急。

在路上，李阳给李雨涵发了一条信息，问她有没有接到类似的电话，那边李雨涵也说接到了。李阳判断，有可能是到了该去报到的环节了。

"这样，今天的会议，我们直奔主题，主要是宣布关于各村驻村第一书记人选的事项，有部分同志我们已经找过谈话，征求了个人意见，少部分同志，我们还没有来得及找个人谈话。一会儿宣布名单后，我们就以会议的形式当作集体谈话。下面请党委余副书记宣读人员名单。"

会议上，李阳看着自己的名字，驻村地点赫然写着兰溪市柏社乡。

"这不是和李雨涵同一个乡镇嘛，太好了。"他反复确认，这事确实是真实的。对这样的结果，李阳心里还是挺欣喜的，因为这正好符合他最近的想法，他突然有种说不出的激动，自己的理想抱负、忠于党忠于人民的伟大目标将要在自己的努力中实现突破了。

经过上午乡党委孙书记集体谈话的鼓舞，李阳正式披挂上阵，成为驻村第一书记，负责岩头村的脱贫致富工作。

一路上，道路两旁的杨树高大挺拔，把并不宽阔的道路遮挡成一道绿色长廊，让人惬意。此刻，李阳的心情也随着车窗外的风景逐渐变得清澈，毕竟这是他跨出实现个人抱负的第一步，面对未来，他心里美滋滋的，这一路上的风景也变得格外顺眼。

车子很快到了岩头村所在地，李阳抬眼望去，远处是连绵起伏的群山，近处是荒芜的土地、村庄里纵横交错的房屋。土墙蓝瓦的土坯房还是村落的主要建筑结构，显得有些破落，李阳陡然心头一凉，整个人就像霜打的茄子，慢慢地蔫了。

下车后，李阳长出一口气，再深深呼吸着自然村落的原始气味，突然又有了一股力量，自己可是当着乡书记的面立过军令状，无论如何也要干点样子出来！此刻不能打退堂鼓。

"您好，李书记，终于把您盼来了。"村里的老支书看着李阳从车上下来，第一时间就迎了上去，满脸堆笑，表现极为热情。

"盛书记，您好。"李阳礼貌性地向前伸手，心里面却还在七上八下。

"过来过来，你们谁过来帮忙给新书记拿下行李，送到宿舍。"一旁几个小伙子开始还在默默关注着这位刚刚到来的年轻人，大家心里也在嘀咕，这么年轻的小伙儿，能干啥？恐怕连韭菜和麦子都还分不清楚吧，不知道乡里是怎么想的，指派这么一个毛头小伙儿来我们村。

但在老支书招呼下，大家又不好意思摆出一副爱搭不理的样子。于是，几个手快的就顺手拿过李阳的行李，朝着事先准备好的宿舍走去。

"怎么样，我们虽然是山村，但风景还是不错的吧！"为了缓和气氛，老支书开始介绍起村里的情况来。

"您别看我们村现在发展得不怎么样，刚刚承包到户那会儿，我们村在老支书的带领下，大力开拓茶树、桑树、桐子树等种植，村里的日子过得比其他村都好，是远近闻名的好村。"

听到这里，李阳惊讶地朝着老支书看了一眼，有些不太相信，看看此时的村容村貌，心里的落差确实大了。此刻，李阳的心里有一丝惶恐。

来到村里后，李阳简单地整理了一下宿舍。说是宿舍，也就下雨不淋头、好天能遮阳的那种一间土墙砖嵌门窗的房子，墙壁有半米厚，优点是冬暖夏凉。

初来乍到，有个能睡人的地方就可以了，李阳在心里宽慰自己。简单收拾完毕，李阳来到办公室看了看。村委会办公的地点竟然是二十世纪五十年代的大会堂改造的。这大会堂造得倒是高大宽敞，是砖木结构的，里面以木结构框架为主，外墙用土砖头垒砌起来，坚实耐用，难怪这么多年依旧屹立不倒。大会堂的柱子直径有三四十厘米，可见为了建造这个礼堂，村里当年是下了血本的。这也让李阳对这个村的历史有了兴趣。

第二天，村两委召开会议，一是宣布乡里面的驻村命令，二是让李阳和大伙见见面，熟悉熟悉面孔。老书记发言说道："为响应国家号召，乡党委高度重视乡村振兴工作，特派驻村第一书记来指导我们的工作，将先进的经验带到咱村来，大家欢迎。"说完自己开始鼓掌，其他人也都紧跟着拍手，表达对李阳到来的欢迎之意。

李阳也简单地介绍了自己的基本情况："各位乡亲，我是乡政府派遣来辅助村书记工作的。我呢，前几年在区里工作了一段时间，也说不上有好的经验，本身也资历尚浅，对村里的工作也不是很熟悉，还要靠大家帮助。这次很荣幸，能够到咱们村里来工作一段时间，后续会给大家带来不少的麻烦，还望多多包涵。说到驻村工作，我也有一点不成熟的想法，在这里我简单地表述一下，不妥之处还望各位批评指正：驻村的这段时间里，我一定竭尽全力配合村两委发展村集体经济，让村集体经济再上一个台阶，建设好美丽乡村、幸福乡村，让老百姓不断增强安全感、获得感和幸福感。"话说完，大家立刻回应一阵掌声。

李阳突然觉得，自己今天的话有点多。

与会的除了书记、主任外，负责农业生产、环保、协调、户籍管理、三资管理、计生、妇联、文教、宣传等工作的两委委员也都各自简单地做了一个自我介绍，方便李阳尽快熟悉合作伙伴。一圈下来，李阳的脑海里面也记不住这么多人的名字，但这也不打紧，后续慢慢地大家就能熟悉了。

第十二章

　　岩头村包含有两个自然村，一共两百来户人家，姓氏比较多，家族关系网错综复杂。村里的大姓为盛，其他掺杂着陈、柳、何等多个姓氏。多年来，村里盛姓的一个大家族，由于兄弟多、实力强，基本上掌控着村里大事小事的运作，族人的后代轮流当着村里的一把手，现任的老支书就是这个大家族的后人。这要源于新中国成立以后，这个家族出了一个乡长，人家都管这个乡长叫"老烟枪"。老乡长贫苦人家出身，没有文化，凭借着老实、肯干，带领乡亲们开垦了好几座荒山，种上了茶叶、板栗、杉木等一批经济作物，给当时的村集体经济带来了不少的收益。为此他被推选到乡里工作，后来竟慢慢地干到了乡长。于是，村里面就有了依靠，村书记也顺理成章地由这个家族成员接续着干，之后，一任一任地延续了下来。树大招风，这事在村里也有很多不服气的，但又没办法，好在前几任村支书倒也肯干事，村民们的日子过得还算安逸。

到了老支书这里已经延续第四任了。说起这个老支书，大家有些微词，只是没有任何办法撼动他的根基，确切地说是没有人愿意出面与他公开作对。这老支书有些"一根筋"，做事情听不进人家的意见，且他自己本身做事方面也有点问题，一度闹得村里面不太安宁。

"老盛头，你这是唱的哪一出啊？说好的今年村里前山茶园由我来承包的，现在怎么又变卦了？"

李阳前脚刚刚踏进村委办公室，后脚就跟进来一个黝黑的大个子。这大个子衣裳破旧、胡子拉碴，一副不修边幅的样子，此刻还一脸愤怒的表情，进来就劈头盖脸地一顿责问。

李阳不明就里，目光从黑大个发怒的脸上转向老支书，没有说话。

"和你又没有订立合同，怎么就一定要包给你了？"老支书也毫不客气地维护他的权威。

"怎么的，说过的话不算数了？亏我过年的时候还给了你两只大公鸡，没有人情也有交情不是！"

"什么大公鸡，你不要瞎说。"老支书一听黑大个抖搂出来了东西，脸一沉就拉着黑大个走到外面去。

"有话好好说，现在别闹，等村里开完会我们再商议，亏不了你的，这里还有外人在，这点小事嚷嚷你不嫌丢人！"尽管老支书软硬兼施放低了声音，李阳还是能听清楚。

"你不用拉我，有话我们就在这里说开来。"黑大个似乎抓住了老支书的弱点，有些不依不饶，仍旧大声嚷嚷。他身子一扭，挣脱了老支书拉扯的手，一副不达目的决不罢休的姿态："今年这茶园你到底是包给我还是包给人家？"

"好了，好了，这事容我想想，今天我们这村部有重要的事情，你先回去，我们会研究的。"老支书想尽快把黑大个给支开。

"你说话要算话，要是变卦我可不会轻易放过你的。"黑大个看了看李阳，心里嘀咕着，陌生人情况还没有摸透，还是先礼让三分为好。黑大个看李阳一句话也没说，就不再胡闹了。山里人再蛮横无理，也会在生人面前有所控制，农家人，脸面还是要的。

看着黑大个气哼哼地扭头离开了两委办公室，李阳收回目光朝老支书看了一眼，心里是"丈二和尚摸不着头脑"。老支书堆了笑脸，沉默了一会儿，走到李阳的身旁解释道："你看，你刚刚来就让你见笑了。这黑二是村里的泼皮，老是缠着我要包下前山的那座茶园，我感觉他不是干那活的料，会把那茶园给糟蹋掉，所以一直没有答应，这才……"

听着老支书的一番解释，李阳也没很在意，虽然他参加工作的年限不长，毕竟也算是个有着几年机关经验的干部，现在到了基层工作，知道村里面的复杂性，初来乍到，他也不好说什么。村里面的工作接触的都是一个个有着自己利益观念的村民，他们一辈子都和土地、和大山打交道，眼界局限在这山沟沟里，他们所思考的也只是如何从这山沟沟里让自己能够获得更多的利益而已。作为村干部，本身自己也是农民，需要练就八面玲珑的本事，既要代表农民的利益，同时也要管理和维持好村里的秩序，这本身极不容易。在这方面，李阳自己也心里有数，在具体的工作上，处理各种实实在在的问题，还得向这些老"地下党"学习，他们长年累月干着基层管理的活，积累了很丰富的经验，毕竟姜还是老的辣。自己来这里的目的就是多学实际管理经验，需要用时间来历练成长。想到这儿，李阳很是谦虚地说道："没关系的，老支书，在村里遇到这样的事情是很正常的，您刚才处理得很好，我学到了很多处理实际工作的方法。"

听到这话，老支书心里感觉美滋滋的，心想：这年头，果然还是有文化好，年轻有文化的更好，你瞧这话说得多漂亮，让人听着很舒服，不像村里这些个大老粗，遇事总是爆粗口，遇到大事又一个个当缩头乌龟，啥主意也没有了。

"但有一点，我感觉还是奇怪的，为什么村里茶园承包这样的事情，不通过公开竞标的方式进行呢？"李阳看着老支书慢慢放松下来，就不失时机地补问了一句。

"公开竞标？我们祖祖辈辈从有茶园开始，就从来没有搞过什么竞标，都是商量着给谁的，又不是大企业，利润空间巨大，这小小茶园，没有必要大动干戈。"

听到这儿，李阳心想，不能就这个问题再说下去了，显然在这个环节上他们是有代沟的，此刻还不到讨论规范问题的时机，操之过急可能适得其反，他需要慢慢融合，用软处理来逐渐消除思想观念上的分歧。

李阳岔开话题，顺便拉起了家常，从吃穿用度、农作物收成、副产品营销，一直到村民关注的焦点，都在李阳不紧不慢的闲谈中打开了话匣子，大家跟着李阳的话题，也开始七嘴八舌地谈论起农家的那些事来，气氛一下子又变得活跃起来了。

第十三章

在杂草丛生的小路上，李阳随手拔了一根草节拿在手里拨弄着玩，周围只有鸡鸣犬吠的声音，他抬头仰望天空，蓝天白云悠然自在，这田园风光仿佛具有治愈心灵的作用，让李阳的心境逐渐变得很平静。不知不觉间，李阳来到一处小溪边，一名妇人正在临石捣衣，那清脆的声音就像是一曲响彻山谷的美妙音乐。这种慢节奏的生活对于李阳来说，倒是他一直向往的。长期以来，奔波的快节奏生活，让他整个人、整个心一直被牵动着，感觉疲倦。这种疲倦不是在肉体上的，而是深入内心的，一时半会儿很难得到缓解。自从来到这个小山村，袅袅炊烟，弯弯的小溪，层层叠叠的阡陌，青翠的林子，这样清新的环境，让他变得很放松，心情好像也愉悦了很多。只是他还有些心急，想着尽快开展工作，但又感觉无从下手，这才是他近来最大的心事。

"这里是远近闻名的光棍村。"在小溪旁洗着衣服的妇人，看着李阳一个人信步走来，朝着李阳没头没尾地就来了这么一句。

这么一句，瞬间把李阳沉浸在惬意中的心绪给拉了回来，关键是村妇一句没头没尾的话令人捉摸不透。

李阳循着声音，朝蹲在小溪旁的妇人看去，说话的妇人也正在朝着李阳看。

这个妇人，村里同龄人都叫她"春花娘"。看着眼前比自己孩子还小的小伙子，春花娘又补充了一句："你怎么会分配到我们这里来的，这里的工作不太好做的。"

这么突然的两句话，让李阳有点云里雾里。但此刻又不好胡乱接话，毕竟还不知道对方的秉性和底细，李阳笑笑："大婶，洗衣服呢！"他只能以这样一种搭话的方式回话，尽管显得有点傻，但也不至于毫无反应。再说，人家和你说话，也不能不搭理，这也是对人的一种尊重。

春花娘听到李阳这样搭上一句，也大概明白了对方的意思，但她心里还是美滋滋的。

这个春花娘，有三个女儿，没有儿子。在村里，没有儿子的人家会被人看低三分。长年累月，村里人的冷言冷语越来越多，让这位农村妇女养成了碎碎嘴的习惯。知道的人不太会在意她说的是什么，但初来乍到的李阳，听了这两句话后，对这个还十分陌生的村庄更加心生畏惧了。

"不好了，村里的存军让人给砍了。"只见远处一个胖嘟嘟的中年男人一路狂奔，那声音在宁静的村落里显得格外刺耳、惶恐。

李阳循声朝着村中央跑去。来到村中央的时候，已经有不少人围着一个破旧的房子，看见李阳过来，大家自动让出一条通道。只见一个四十出头的男子一只手捂着左大腿，腿上缠绕着破布条，鲜红的血从布条里面往外渗着，好像怎么也止不住的样子。

"这是怎么了？"李阳见状赶紧近前，看着痛苦呻吟的存军问道。

"我孩子是被村上的国军给砍的。"一旁的老汉长长一声叹，"唉，我早就知道会有这档子事，不吃亏你就不知道悔改！"接着又是一声叹，自己孩子受伤他不但不恼不慌，竟然对孩子还有怨气，这让李阳有点意外。

"怎么砍成这样，赶紧上医院啊。"李阳觉得是不是事出突然，把老汉吓傻了，连忙催促周围看热闹的人送存军去疗伤。

不一会儿，村上一辆农用自卸车停在了村中间的空地上，家人在村民的帮助下，抬着存军上了车，往乡镇卫生院奔去。

李阳眼见着车走远，这边已是人声喧闹，你一言我一语评论不休。

春花娘似乎看出李阳的疑问，拉着李阳走出人群，来到较为偏僻的地方，轻声轻语地对李阳讲起了缘由。

原来，存军和国军之间的恩怨，源于一个女人——国军的老婆。

国军家和春花家一样没有男孩，一连生了五个女娃，为了生个男娃，家里只留下一个女娃，其余的女娃都送了出去。生完第五个女娃后，夫妻二人准备重整旗鼓，再要一个男娃。但不幸的是，在一次工地上干活的时候，国军不小心从两米多高的地方摔了下来，不偏不倚正好跟骑马一样叉腿坐在了一根圆钢上，把"根儿"弄坏了，这一下彻底要断子绝孙了。国军每次想到没有后代，香火无法延续，心里都是满满的不甘，一家人仿佛被流放到无人救赎的境地一样没有了希望。一次，国军突然想出一个计划，这计划虽然难以启齿，但和延续香火这样的重任比起来，就值得一试了。

一天，国军把存军请到家里来喝酒，两个人推杯换盏，聊得火热。

酒至半酣，国军突然叹息："你说做人难不难，不孝有三，无后为大，我算是废了。"

存军先是哈哈大笑："哥，你还真的是饱汉不知饿汉饥，我到现在连老婆都没有，你还在叽叽歪歪地说着生儿子生女儿的事。"他端起酒杯再喝一口接着说，"现在你不能生了，要是你不嫌弃，我帮你生啊！哈哈哈。"笑声里几分浪荡、几分挑逗，似乎对面不是好哥们，而是国军老婆在对他献媚。

存军只是说了一句玩笑话，但没想到这是国军的真实计划。于是借着酒精麻醉，两个男人真的就这么"友好又愉快"地达成了协议。

再后来，国军终于有了一个儿子。

酿成今天的局面是因为随着小男孩的长大，体貌特征越来越像存军了，村里人开始议论纷纷，这成了村里公开的秘密。最为可耻的是，当下国军的老婆和存军还时时干柴烈火般纠缠不休，这让国军实在受不了。

这不，这次又差点被国军撞见，两人一番口水大战之后，国军在多年压抑下，加上再次受到刺激，内心的火气终于爆发。他拿起菜刀就朝着存军砍去，在扭打的过程中，菜刀砍伤了存军的大腿，惊得存军仓皇逃离。

第十四章

　　存军的老爹是老实本分的庄稼汉，从小生活在这个村里面，祖上几辈人也都是这个大山里面的农民，在困难年代也算是根正苗红。因为这样，根子正、人老实、干活十分肯干的他被大家推选为村里生产队的小队长。由于人特别老实，村里人都习惯称呼他为"木疙瘩"。"木疙瘩"一词的本义倒也不算坏，但叫着叫着，就有其他的味道出来了。自古以来，太过老实的人都容易受欺负，加上他的三个儿子中除了最小的儿子当兵后算是有了点出息，其他两个儿子都还是光棍。这在村里面成了大家茶余饭后讨论的焦点，再加上存军"慷慨激昂"发扬江湖义气，"义不容辞"为兄弟接续香火的故事，经常笑得村里人人仰马翻。在人们干活干乏的时候，经常拿出来讲，当作消遣的绝佳经典。然而，对于老汉来说，村里人的冷嘲热讽，无时无刻不扎着他的心，但又没办法，谁叫自己的孩子不争气，也只能任由人家讥讽。家里的状况让这个老汉忧心忡忡，整天只能喝点小酒聊以自慰，剩下的时间也就靠田地里面的农活来打发。

事情发生后，李阳主动到"木疙瘩"家里去坐了半天，和"木疙瘩"夫妻聊生活、聊家庭、聊农作物。通过聊天也更加了解了这个家庭的难处，但目前他也没有想到什么更好的解决办法，一时半会儿心里面很是难受。

驻村书记能够主动到家里来和自己这个被村里人看不起的人聊天、开导思想，这让"木疙瘩"心里很是感激。临走的时候，两夫妻拿来了茶叶、红薯干等乡村的特产给李阳，让他收下。李阳推托不掉，盛情难却地拿了一部分，这也算是和村民增进关系的一个有效途径吧。

回来的路上，李阳一直在思考一个问题，面对村里大多数家庭的现状，如果要想尽快改变，只有找到准确的突破口才能破解。而像存军家这样的家庭是突破的重点，只有解决好困难户，李阳才能在村里打开工作局面。想到这儿，他似乎又有了点兴奋的感觉，但万事开头难，这第一步棋怎么走成了关键。

回到宿舍，他开始琢磨起这件事来，一遍一遍在脑海里面推演着方案。但看看山村周围的环境和现有的条件，一些好的想法又很难实现，如果单单靠种植、养殖，很难形成规模，一时半会儿也打不开市场。于是，一个个方案又一次次被他否定，这个过程只有他自己才能领会其中的纠葛。原本不太抽烟的李阳，此刻不知不觉地把刚刚开封的一包烟差不多抽完了。

正琢磨着，李阳的手机响了起来。

"阳阳，你忙啥呢？听说你做了驻村第一书记，祝贺祝贺！"电话是在市里面承包建筑施工项目的表哥打来的。

"哥啊，别拿我调侃了，我一个小小村官，有什么可说的，有时间回来咱哥俩聚聚，唠唠嗑。"

"行啊，我正有事托你帮忙，你办妥了回去请你，少不了的。"

"好啊，我能帮忙的，不用客气，你说说看，我怎么帮？"

"很简单，我工地需要帮工，你不是在基层工作了嘛，面对面找人相对容易，你给我找几个男工。"

李阳一听，太高兴了："哥，别说帮你，你这也是帮我大忙了，我正发愁村里闲散人员怎么给他们寻找出路呢，你这个电话就像是正瞌睡的时候你给我及时送来个枕头！哈哈哈。"

"你能找到人，这是再好不过了，你需要劳务输出，我需要接收员工，有多少人都可以慢慢放过来。"

哥俩的一通电话，达成了一个互利共赢的模式，真是机缘巧合、天公作美。打完电话，李阳的心里着实宽慰不少，好歹给村里面这些青壮年指明了一条赚钱的道。

心里美滋滋的李阳，这一夜像是打了鸡血一样，很是兴奋。于是他立马行动，开始罗列人员名单，准备明天就去逐一落实。

第二天一大早，他就来找村里那几个整天在村口瞎混的哥们。首先他想到的是"木疙瘩"的两个儿子，虽然大的受了伤，但用不了几天也就好了，二儿子正闲着，随时都可以出门，还有国军也闲在家里。于是他逐个地去做思想动员，但没想到他们几个一听说是干工地上的活，就不是很乐意。他们都觉得在工地上干活又苦又累还很脏，再说工钱也不高，住在外面还要开销，到了最后也剩不了几个钱回来。

满心筹划，没料到是"剃头挑子一头热"。遇到这样的状况，李阳有点憋气又无处发作。他就不明白，为什么一个个大劳力，宁愿闲散在家也不愿意外出赚钱，守着贫家能守出什么花儿来！在无奈的情况下，他只好来找老支书，看看老支书能有什么更好的办法，答应表哥的事情毕竟要兑现诺言。

还没等李阳去找老支书，村主任听说李阳要给劳力找个去处赚外快，正准备提醒李阳人员不好发动，却听到李阳已经被几个人拒绝了。于是村主任给李阳出了一个主意，让他去找村里的妇女主任凤琳。李阳此刻是"丈二和尚摸不着头脑"，心里直嘀咕，这事去找村妇女主任干啥？村主任似乎看出了李阳的疑惑，对着李阳轻声嘀咕一阵儿，李阳刚被泼灭的热情，又高涨起来。

这个村妇女主任凤琳可不是外村人，而是土生土长的本村人，嫁给了村里的一个小伙子，于是从出生到现在就没出过这个村庄。她对这个村的大小事情、各色人等心里都一清二楚。去年，村里改选，凤琳被选为了村里的妇女主任。她看上去虽然没有城里姑娘长得水灵，但乌黑浓密的长发，高挑而匀称的身材，白皙的脸庞，笑起来两个酒窝增添了几分妩媚，这样的姑娘在这个山村可以算是"村花"了。和她一起长大的男孩，正是现在大多数赋闲在家的这批人。这些男人，一看见这个从小一起长大的妇女主任，就像是老鼠见了猫一样，很是胆怯，这胆怯的心理来源于哪里，想必大家心知肚明。

第十五章

"你们都给我听好了，一个个整天都是什么样子，一副无所事事的鬼样！"声音从门外直接穿透而来，真是未见其人、先闻其声，这妇女主任果然名不虚传。一会儿，只见一个身着掐腰长裙、长发披肩、涌动着活力的女子走了进来。李阳看到眼前这女子，心里也感到几分意外，没想到这偏僻的小山村里面居然还有这么时尚的女性，此刻他瞬间明白村主任和他讲的那些话的含义了。但奇怪的是，他来村里后为什么一直没有见过这个村妇女主任呢，按道理第一次开会，她应该到场的，可这个女子他之前肯定没有见过。

"现在有这么好的机会，而且我们李书记又这么为你们考虑，由政府做支撑，这是你们修来的福气。一个个麻利点，整理一下去外面倒腾一点钱回来，别让人家看扁了。"一番话说得几个大男人无言以对，一双双眼睛看着妇女主任，像是猫儿见腥般双眼放光，一个个脸上好像捡到宝似的傻笑，同时又像小鸡啄米一样一个劲地点头。结果，很快就有人报名，随即刚开始的那几个人也都愿意去了。

李阳帮表哥找人帮工的事总算是办稳妥了，给村里那几个闲散人员找到了去处，也确实帮村里解决了实际问题，给他们各自的家庭带来了收入。表哥是个正直的老板，工资方面从不含糊，这也是让李阳最放心的。此刻，李阳第一次有了进入驻村书记角色后的踏实感和小小的成就感。

晚霞笼罩下来，几缕青烟缥缥缈缈地升上了天空，合着这早春的寒气一起飘向远方。此刻恬静的山村，在李阳眼里仿佛增添了几分安逸的美。他想着自己要长期驻扎在这大山里，同时还要努力完成好组织交办的重担，压力感油然而生，但想着自己身后有村两委做坚强的后盾，心里又踏实了许多。毕竟大山里的人还算纯朴，这是宁静的山村养育出来的底色。

第二天朝阳升起，李阳感觉特别神清气爽，他酝酿着下一步计划，要坚持一步一个脚印地走下去。

晌午的时候，他在路上正好碰见村主任，于是他向前，主动递了一根烟说道："盛主任，昨天那个妇女主任，为什么我那天来村里，我们第一次开会的时候没见过？那天来参会的妇女主任可不是她。"

"那天来的是村里的妇联主任，昨天的是妇女主任，两个人原本就不是一个人，你当然没见过。这妇女主任可是我们的'村花',人见人爱。特别是在这些光棍的眼里,她可是绝对的权威,哈哈哈。"

"原来是这样。"李阳在心里嘀咕着。

这时,从县城方向开来一辆公交车,在李阳不远处停下,车门一开,李阳本能地瞟了一眼,车上下来一位姑娘。只见她长发披肩,个头高挑,穿着一套红色运动衫,显得干练简朴又不失青春朝气,浑身散发着一种不可名状的味道,李阳心中蓦然升起了一种特别的感觉。

"这不是嫣然吗,你回来了!"一旁的村主任老远认出了老支书的女儿。这老支书的女儿大学毕业后一直在铁路部门工作,算是捧了个铁饭碗,而且女孩子从事这样的工作也更为稳定。李阳此刻看着眼前靓丽的姑娘,不禁脸红了起来,心脏也"扑通扑通"地跳得厉害。

"对了,给你介绍一下,这位是李阳,是乡里派驻我们村的第一书记。"村主任待嫣然走近一点,望一眼李阳,看着眼前两个年龄相仿的年轻人,一种当月老的本能意识被瞬间激发,他开始热情地相互介绍起来。李阳不敢直视女孩,于是赶紧收回了自己的目光,由此心里变得更加紧张了,后背也在悄悄冒汗。

"您好,李书记,欢迎您!我叫嫣然,以后我们村的前途就全靠您了。"此刻嫣然倒是很主动地伸过手来要和李阳握手。

"呵呵,您好,岂敢岂敢,我只是来村里锻炼学习的。"此刻李阳倒显得有些腼腆，说话变得不是很利索了，手也有些发抖，手心直冒汗。

这一见面，女孩靓丽的外表和内在散发出来的气质深深地打动了李阳，他心里嘀咕着："'村花'？原先那个妇女主任确实有几分姿色，也算标致。但我感觉这嫣然比那妇女主任漂亮多了，自然美中透着蓬勃朝气，'村花'应该非嫣然莫属才对。不对，两者不能同日而语，是不同年龄段的产物。"

"嘀嘀咕咕的，李书记你又在琢磨什么呢？"老支书在家门口朝着走过来的李阳问了一句。这时，李阳才意识到自己已经不知不觉来到了老支书的家门口了。

"快快进屋来，今天我女儿回来了，你留下来一起吃个饭，你俩差不多年纪，正好认识一下。"老支书拉着李阳往堂屋走，把他安排在了主位上坐定。

李阳原本还有些不好意思，看着老支书这么热情，他也只能客随主便、顺其自然了，坐下来和老支书一家一起吃个迎接女儿的晚宴。

"来，嫣然，你坐在李书记旁边，你们同龄人，相互熟悉一下，日后村里的大小事务也好一起有个商量。"老支书叫着女儿，让她挨着李阳坐，意思很明白，就是给两个年轻人创造一个相互熟识的机会。

"爸，你老是说让我帮着村里做点事情，但我有工作，没时间参与。再说，我啥也不懂的，也无从下手。"嫣然从房间里出来，看了李阳一眼说道，"李书记，欢迎欢迎。"

"哪里，我是来蹭饭的，哦，不对，我应该说，我是又来蹭饭的。"

"李书记还真幽默。"嫣然突然被他这句话逗乐了，笑着说。

"真的，我自从到村里来，都不知道几次来你家蹭饭了。"李阳认真地说道。越是认真的表情，越是显得幽默，这就是冷笑话的效应。在宽松的环境下、随和的气氛中，李阳在老支书家吃了一顿很特别的晚饭。

第十六章

这天特别闷热，在闷热的状态下，人就容易出状况。嫣然刚回家不久，她妈妈就发生了状况。李阳赶到县人民医院的时候，都快要下午了，嫣然的母亲正在急救室。老支书瘫坐在一旁的椅子上，嫣然蹲在急救室门口，头发蓬乱，一脸疲倦，整个人看上去没有一点精神。

李阳悄悄地走到嫣然跟前，轻轻地扶起她。嫣然看着眼前的小伙儿，心里很是感动，仿佛此刻有了些许依靠，问道："你怎么来了？"

"村主任和我说的，你妈现在怎么样？你还好吧？"李阳一边扶起嫣然，一边往急救室门口张望，似乎眼神能穿透急救室的门。但急救室门口除了警示灯闪烁，很是安静。

"我没事，我妈还在里面抢救，还不知道结果呢！"嫣然一脸焦急，担心着母亲的状况。

"这是怎么回事呀？昨天下午还好好的。"

　　"我妈看到黑二叔和我爸吵架，就去劝架，被黑二叔推了一把，脑袋磕到门槛上，一下子就晕厥过去了。"

　　"这黑二叔是不是之前一直纠缠着想承包茶园的那个？"

　　"是他，他一直都很想承包村里前山的茶园，可这事我爸一个人说了不算，于是从去年开始，两个人就结了怨。"

　　"这样啊，那看来是到了要好好整治一下的时候了。"李阳这样说着，心里开始盘算起来。

　　"对了，我向乡里请好假了，正好可以帮着你照顾一下你妈。"李阳此刻的话语，给了正是六神无主的嫣然一个最坚实的依靠。在内心深处，嫣然对眼前这个小伙儿瞬间多了几分亲近感和信任，但她又觉得不能太麻烦一个没有任何关系的驻村书记，于是半是客套半是试探地说道："你真的没事吗？如果有事你可以先忙。"

　　李阳赶忙表态："没事，没事，我这几天正好也不是很忙，你看你这里正需要人手，我刚好也能帮上你一点。再说我到村里后，你爸你妈都挺照应我的，这时候正是用得着我的时候，你就别多想了。"

　　"李书记，你看你那么忙，麻烦你不好意思的。"一旁的老支书听着两个年轻人的对话，也赶忙插上一句。

　　"老支书，您这是哪儿的话，伯母刚刚出了这样的事，我不搭把手怎么行，您最近身体也不是很好，可不能再累着，嫣然又是刚刚回来休假，她一个人怎么照顾得过来，您就不用太客气了。"

在李阳的一再坚持下，父女俩也只好答应。

一会儿，急救室的门打开了，主治医生一行走出来，三个人瞬间就围了上去，询问着情况。

"病人有轻微的脑震荡，经过处理，应该没有大碍了，一会儿转到病房，好好照顾，过段时间就可以出院。请放心。"

"好的，好的，没大碍就好。"老支书擦了擦额头上的汗珠，很是感激地说道，"谢谢你们了，医生。"

嫣然朝着李阳深深呼吸了一口气，眉间那朵愁云也慢慢地舒展开来，脸上似乎也有了些许微笑。李阳看着眼前的女子，此刻，她看起来那么舒心。

李阳看着嫣然的时候，嫣然也刚好看着李阳，两个年轻人的眼神一交会，仿佛瞬间激发了几万伏电压。四目相对的一刹那，两个人似乎都有些羞涩的感觉，气氛有些尴尬。也算李阳反应敏捷，赶紧补上一句："没事就好，托书记的福，心上一块石头终于放下了。"

"是呀，还好妈没事，谢天谢地。"嫣然接过话语，由衷地说道。

接下来的这段时间，李阳跑前跑后，无微不至地照应着。细心且耐心的李阳，把嫣然的妈妈照顾得很是到位，他这几天的辛勤付出，给母女俩带来了很多温暖。这点点滴滴，嫣然看在眼里，十分感激这个细致的小伙儿，内心很是感动。

通过这段时间的朝夕相处，两颗年轻的心也逐渐走近，两个人心里都产生了超越一般友情的情愫，慢慢地一些话也都说开了。虽然两个人在工作上没有交集，但在对一些问题的看法上观点很是接近，所以聊着聊着，话题也慢慢地朝着两人共同感兴趣的方向发展着。

嫣然妈看着各方面都很优秀且很有孝心的李阳，内心更是十分喜欢。在李阳不在的时候，她会特意问嫣然："你感觉李阳这小伙儿怎么样？"每次嫣然听到这儿，总是会不好意思地说道："妈！"然后找其他事情搪塞过去。老人家看到这里也明白了嫣然的心事，她自己心里也就有了底。她觉得，这样的小伙儿现在也不好找了，再说他们这么有缘分，两个年轻人如果能好好发展，会有一个不错的结果的，正所谓"丈母娘看女婿，越看越中意"。接下来的日子，嫣然妈也会特意安排他们两个年轻人一起去帮她干点事情，好增进两个人的感情。

在每天的欢笑声中，李阳还在规划新的行动。这一次事情的发生，让李阳下定决心要对村里的村务着手整顿，要不然，局面很难打开。

这段时间以来，嫣然也和李阳交流了很多村里以前的事情。她觉得阻碍村里面发展的主要原因，除了支柱产业缺失外，最为关键的是村里干部思想的局限和村民思想的懒散。而且村里面历史遗留的一些事情历届两委都没有处理好，所以导致积怨很深，要解决好这些问题，最关键也是最合适的人选就是李阳这个"外来的和尚"。

通过和嫣然谈论这些问题，李阳也慢慢地打开了思路，为后续逐项解决村里的事情、打开局面起到了关键作用，毕竟嫣然这几年在外面增长了见识，以局外人的眼光来看待村里的情况，看到的问题比较客观，这一点和李阳是相吻合的。

而嫣然的回来也刚好给万事起头的李阳一个很好的支撑，嫣然就像是一个参谋兼秘书，全心全意地帮助李阳。两个人围绕当前最重要的村务，整天在一起研究着、部署着，乐此不疲。除了一起工作带来的愉悦，还有一些不可言明的情愫萦绕在二人心头，如春风夏雨绵绵不断。

当夜深人静的时候，李阳也会时不时记挂着蒋怡，这段时间李阳多次发信息给她，她都没回复，不知道是什么原因。电话打去，也是没聊几句她就以忙工作为由匆匆地挂掉了，这让李阳心里很不是滋味。

第十七章

这一天，嫣然的母亲在老支书和李阳的陪同下，回到了村里。这段日子，黑二叔走在大街上，总觉得背后有人指指点点，让他内心不得安宁，就像是有两个小人儿在他心窝里打架，一个让他和和气气地去看看老嫂子，认个错不丢人；另一个则是挺着脖颈，坚持不露面。最终和气的那个占了上风，黑二叔不由自主地登门谢罪去了。

"老嫂子，实在是对不住，那天是我浑蛋，疯了似的把你推倒，我实在是浑蛋，你大人有大量，消消气。"在一番言语过后，他把带来的东西放在床边上，看着态度确实还挺诚恳。

依照嫣然原来的脾气，一定会直接冲上去狠狠地臭骂他一顿。但理智占了上风，再说伸手不打笑脸人，现在她已经是亭亭玉立的大姑娘了，也是村里唯一一个在大城市有着正规工作的国企员工，如果表现得太出格，会引起村里人背后议论的，而且她还待字闺中，不能表现得太偏激。于是，她看着眼前的黑二叔说道：

"二叔，事情原本是不应该发生的，而且你这样鲁莽的行为，容易导致恶果，还好这次我妈是有惊无险，后面恢复得也还好，没有造成更严重的后果。我作为晚辈，也不好说教你，你自己要通过这件事情来好好反省，以后做事情要三思而后行。"一番话说得黑二叔这个长辈在晚辈面前无言以对，只能连连点头。

从刚才的话语，李阳发现，嫣然到底是嫣然。他刚开始也很担心嫣然会做出比较出格的事，然而嫣然的做法实在是高明，体现了她的智商和情商。而且，他也发现，嫣然很适合做思想工作，说话办事总是在点子上，真是"虎父无犬子"。

老支书又补充一句："看在乡里乡亲的分上，我们都别再追究这件事的对错，你看到了你嫂子的情况，就当是一个教训吧。"

嫣然看看老支书，微笑着点了点头，附和着："二叔，以后改改你那脾气吧，有事好商量，好吧。"一半责怪一半安抚。

但李阳在心里盘算着，决不能这么轻而易举地就把这件事情抹平了，要把黑二叔这件事作为整顿村容村貌的突破口，不能放过利用这个反面教材的机会。

第二天，李阳就鼓动老支书召集两委班子，召开村务会议。这次会议，李阳特意安排了嫣然参加，理由是嫣然作为列席代表，发挥民主监督的作用。

会议在老支书的主持下召开，会议主题是研究年度村里面的发展计划。像这样的会议，村里面历史上还没有开过。两委成员对于这样的议题，脸上的表情可谓千奇百怪。轮到大家发表意见的时候，一个个都哑口无言，对于什么是未来、什么是发展，连基本概念都没有，更别说有什么计划了，会议开得很是冷清。他们只关心今年土地里面的收成、种的高山蔬菜的收购价格会不会很低、会不会卖不掉、除掉成本究竟还能剩下多少利润等眼前的事。

对于这样的局面，李阳是有心理准备的，这些山里人哪会有什么年度计划。

沉默了一会儿，李阳以很谦虚的话语做了一个开场白："各位叔叔伯伯，我呢，是来村里锻炼学习的。通过两个多月的了解，我对村里的情况也摸了底，下面我就围绕今年村里的一些工作设想谈谈我个人的想法。说得不妥的地方，大家可以直接指出来。"

于是，李阳围绕村庄的现状，逐条分析了目前存在的一些问题。尤其是对黑大个的鲁莽行为进行了严肃的批评，指出了村里由于存在不规范的管理，才导致事情的发生。由此说到了要在村务管理上推进规范化管理的要求，特别是涉及重大事项，必须通过会议集体决策的方式进行。同时，他也谈到了发展村经济的基本点的问题，如利用村里现有的茶园、毛竹林、杉木等资源，积极、规范地进行拓展，搞好基础经济。

"我想重点说一说，目前我们村里茶园的承包还沿用着老的做法，主要是极少数的人说了算，没有运用招投标等方式开展公平竞标，这样就容易产生一些矛盾，后续还是需要通过正规的途径，公开、公平、公正地运作。"

说完李阳扫视一下大家，继续道："2020 年是国家脱贫攻坚年，从中央到地方都出台了一系列的扶持办法，我们要在紧紧抓好疫情防控的基础上，迅速了解省、市、县等层面的一些扶持政策，要充分聚焦村里的实际，扬长补短，继续狠抓现有的资源开发，在此基础上开始着手考虑传统产业的升级和新产业的引进培育，同时要紧紧抓住周边县市发展的机遇，引进一些手工业等短、平、快的致富项目，延长产业链条，逐步壮大村集体收入和村民的家庭收入。

"针对我们周边村庄都盛产茶叶的情况，我们还可以琢磨着形成一个茶叶交易市场，慢慢地把交易面拓展开来，这样既可以带动我们村茶叶的销售量，还可以利用出租摊位、增加市场管理等费用增加村集体收益。等市场慢慢运作起来后，还可以带动柿饼、番薯干、地瓜粉等其他土特产的交易，让村民的收入途径不断拓展。

"同时，我觉得我们还要树立良好的村级文化，营造良好的村风和民风。"李阳一口气发表完言论，示意大家讨论。

"对，良好的村风和民风最重要，有淳朴的村风、良好的家风，才能一代一代地影响我们的村民，形成良好的风气。"嫣然听了李阳刚刚的一番话，第一时间响应，并补充了观点。

"建立市场、搞活市场，把茶叶等交易的收益牢牢地把握在自己手里，不再任由外地人胡乱砍价，把劳动的价值更好地体现出来，去实现我们祖祖辈辈的愿望，我觉得村里办市场的想法很好，我很赞成。"

"对的，刚刚李书记和嫣然讲得很有道理，我个人也赞同。后面怎么干，只要李书记一句话，我全力配合支持。"作为村里最年轻的支委，盛斌积极响应。

于是，其他参会人员也陆陆续续地赞同了李阳的观点，会议算是达成了一致意见。

第十八章

会后，李阳约了嫣然晚饭后散步，顺便继续探讨今天的话题："我准备联系一下浦江的郑宅。据说，这个郑宅历史上十五世同居，历经三个王朝，贯穿三个多世纪，形成了世代传承的家训《郑氏规范》。他们那168条家规，涉及了家政管理、子孙教育、冠婚丧祭、生活学习、为人处世等方方面面，给后世子孙带来了极大影响。"

"是的，我也听说过，浦江是有这么一个郑氏家族，好厉害的。而且浦江离我们也近，可以去学习借鉴一下。"嫣然接过李阳的话，赞同道。

"我们就应该从建立优良的村规民约开始，这样大家的心才能凝聚起来。"李阳说道。

此刻，嫣然的赞同是对李阳最大的鼓舞。说干就干，李阳向老支书汇报后，就着手开始联系郑宅镇的文化干部。通过一番咨询，那边回复可以随时接待前去参观的人员。

基本联系好后，李阳也向乡党委书记汇报了这个想法。乡里金书记很赞同，并表示乡党委也想派人参与其中，如果有时间他本人也会参加。

得到上下层面的认同，李阳就开始和对方商榷具体参观的时间和行程安排。

这天一大早，李阳同村两委成员以及嫣然，在乡党委金书记和几个宣传口、文化口的干部的带领下，一行来到了浦江郑宅交流学习。

通过参观郑宅文化陈列馆、村庄的村容村貌和进村民家里座谈等方式，大伙儿对郑宅的历史传承文化有了较为全面的了解。使学习人员特别震撼的是，历史上郑家这个大家族在长达360余年中十五世同居，近3000族人同财分食、和睦共处，通过文化的积淀，形成了围绕孝义治家、绵延宋元明清而不绝于历史的家族文化。

李阳在参观学习后，和嫣然谈道："欲治其国者，先齐其家；欲齐其家者，先修其身。郑义门的始祖郑绮在立下'吾子孙不孝、不悌、不共财聚食者，天实殛罚之'遗训的时候，我想，他早已把'修身''齐家'刻入了大家族绵延不绝、生生不息的灵魂了。这个家族背后的文化故事太有价值了。"

"是呀，郑氏后世子孙矢志不渝地遵循着祖训，将忠、信、孝、悌、礼、义、廉、耻、耕、读等儒家文化精髓，编入郑家治家理念，通过一代又一代传承、发展、完善，最终形成了涵盖道德修养、家政管理、行为规范、子孙教育、生产管理、生活学习、冠婚丧祭等方方面面 168 条规则的《郑氏规范》。其体系之全、涉及面之广、执行力之强，可谓世界治家法度之最。"嫣然也由衷地赞叹道。

"看来，我们这次是来对地方了。"两人相视一笑。

在走进村民家里面对面交流的时候，有村民介绍道："现在我们郑义门的后人，虽然已不再同先辈们那样同门义聚，但《郑氏规范》家训已经成了我们这个家族每一个子孙必须熟知的规范和准则。走在郑宅村落的道路上，你们也看到了整洁有序的村容村貌、彬彬有礼的待客举止，这些都是家族训诫的延续。而且我们已经将《郑氏规范》同新时代新要求完全共融，和新时代社会主义核心价值观高度吻合，形成了涵盖遵规守纪、邻里和睦、环境整洁、家庭和睦、诚实守信五个大类 20 个小类的一家一户的好家风考核档案，使'江南第一家'好家风在新的时代里变成有形化、可操作的传承标准和行为规范，在国内外产生了较大反响。"

听到这里，李阳和嫣然如获至宝，赶忙向村里要了几本《郑氏规范》。

晚上，李阳通过微信语音把他们村到浦江郑宅交流学习的信息向李雨涵通报了一下。李雨涵所在的桥下村是乡政府所在地，相对来说各方面条件都比李阳这边要好。靠近乡政府也更好开展工作，这对李雨涵来说是有些照顾她了，毕竟是女孩子嘛。

李雨涵对李阳去郑宅参观学习这件事很感兴趣，也责怪李阳这是放马后炮，不早点相约一下。

晚上，李阳和蒋怡也通了电话，这两个人相隔了几个县域，似乎有了距离感。

"亲，你妈好些了吗？"毕竟好些天没主动联系她了，李阳心里有些虚，都不敢叫"亲爱的"了。

"还好吧，就是我妈绑着石膏，干不了家务。"

"那你好好照顾她。"

一时间，李阳也找不到什么话题聊了。

长夜漫漫，李阳自己心里也在琢磨，和蒋怡这几年相处下来，一开始两个人兴趣爱好啥的还比较一致，但随着两个人职业不同、后来所走的路不同，慢慢地两个人的差距就越来越大了。

尤其是对自己驻村这件事，蒋怡是有想法的，但碍于情面，她没表达得那么透彻而已。

两个人今后的路怎么走，李阳心里也不是很有谱。相反，他在后面遇到的李雨涵和嫣然，在事业上、抱负上、世界观和价值观上和他比较接近，有共同的理想和追求，好像没什么距离感。

想着想着，他也想起了自己的好兄弟谢小余，于是给他打了个电话过去。

"兄弟，心里有点烦！"

"你烦啥呀？有什么好烦的，李大书记，哈哈哈！"谢小余故意调侃道。

"现在蒋怡在老家照顾她妈妈，那么远，我都没去过。"

"没事，我去过，噢，我是说'我去'，你小子到现在还没去啊！"好险，谢小余差点说漏了嘴，把刚刚去过蒋怡家的事给说出来了，还好说到一半硬是给圆回去了。

"我这哪有时间啊！"李阳无奈地说道。

"你小子该不会是喜新厌旧了吧？是故意不去看的吧？"谢小余倒打一耙，想把刚才的尴尬缓解个清清爽爽。

"哪有，我是一心为了工作。"

"谁知道呢？我过几天去你现在的村看看你，没事先挂了，我还有一个局呢！"

"你小子，又夜宵，哪像我穷乡僻壤的，混口饭吃都不容易。好吧，记得方便的时候，帮我照顾一下蒋怡。"

第十九章

回到村里，李阳和嫣然就开始细致地研究起《郑氏规范》来。

两个年轻人挑灯夜战，看着手上的这本《郑氏规范》，感觉人家确实是有很多值得学习的地方。规范中的内容是具有顽强生命力的，是祖辈们深深情感的寄托。

"我感觉这个《郑氏规范》包含着深刻的情感、意志、品格和追求，这正是我们需要的东西。"嫣然看后不禁感叹道。

"对，此时此刻我想起一首诗，哈哈！"李阳看着灯光下的嫣然，俏皮地说道。

"从一个村落到另一个村落，从一条小河到另一条小河，人们看见的是水的颜色；长长的路上人们来来往往，没有看见水真正的颜色；这一条河洗涤了人们的污垢，而水还是原来的颜色；一条河带走了岁月，但还是那个颜色。"李阳一边念着，一边快速地用笔在纸上写下来。

嫣然惊讶地睁大了眼睛："你还喜欢诗歌呢？"

"我喜欢的多着呢！"李阳开始"王婆卖瓜自卖自夸"。

"像这样细细地听，如我刚开始认识你那样；像这样轻轻地说，如融入无底的渴望；像这样静静地看，如我心中的花朵绽放的模样；我的姑娘，我看见你就会莫名其妙慌张……"李阳又念了一首诗，念完，他有意含情脉脉地看向嫣然，让嫣然有了一些羞涩的表情。

此时，嫣然妈手里端着一盘玉米进来了，她看着女儿略带红晕的脸庞，心里明白，但脸上装着若无其事的样子，热情地招呼两个人吃玉米。

第二天，李阳拜访了村里年纪最长的太公，询问以前村里祖上有没有类似的村规、民约、祖训留下来。通过与村民们交流，他也收集了一些村里的祖训、规矩。但他总感觉这些村里现有的东西比较散，不够系统，有些规定也浮于表面，不够深入，而且表述上也趋于一些日常套话。为了弄出一个比较规范的东西，李阳和嫣然决定接下来分工一下，他们俩一个负责整理资料，另一个负责查找新农村建设中关于精神文明建设方面的要求。正所谓"男女搭配，干活不累"，他们几乎天天熬到凌晨三四点。

但在忙碌的过程中，夜深人静的环境下，两个人紧挨着做手头的工作，这样的氛围是属于年轻人的感觉。本身在寂静的村庄就容易让人把心思集中起来，再加上两个年轻人彼此都有默契，这样的场景本身就是浪漫的。

　　经过几天的努力，他们俩终于拟出来一个贴合村庄实际的《村民新规》小册子出来，内容包含了遵规守纪、邻里和睦、环境整洁、家庭和睦、诚实守信等多个方面。但小册子是否能够得到大家的认同，他们俩心里也不是很有把握。再说接受新事物对于农村人来说，本身就是一个考验。

　　还有一件令李阳不舍的事情，随着这本小册子的完成，嫣然的假期也接近了尾声，她准备回工作单位了。为此，李阳心里好像有些空落落的感觉。

　　离别的时刻终究还是到来了，李阳看着眼前这个虽然相处时间不长但很知心的姑娘，心里有千言万语却不知道怎么表达。他的手心一直在冒汗，但嘴巴里仿佛被啥东西堵住了一样，支支吾吾连一句完整的话也说不出来。

　　嫣然看着眼前的这个阳光、敢闯、敢拼、具有正义感的小伙儿，也心动了。尽管此刻他表现得有些腼腆，但这并不影响这个男孩在她心里的印象。因为，她已经认定，这个男孩是积极向上、敢于担当负责的，今后定会做出一番事业来。

　　就这样，在两人有一句没一句相互嘱托的话语下，车子缓缓启动了。

　　接下来的日子里，李阳整天琢磨着如何推广自己和嫣然精心编写的规范。他想，要达到宣传的效果，首先要得到村民的充分认同，于是，他把这本小册子拿到村两委会议上讨论。

这天在会议上，大家看到这本小册子，都挺惊讶的，没想到短短的几天工夫，李阳就把取经回来的成果拿出来了，而且看着好像还像模像样的。于是，大家就开始逐条逐项地琢磨起来。

大家看过后，感觉新规是不错，但实际执行起来不知道会不会闹出什么其他事情来。

大家心里的担心，也是李阳的担心，这究竟应该怎么去推广才好呢？

经过大家一番讨论，决定拿村里表现最好的一个生产队进行试点，如果运作成功，就在全村推广《村民新规》。大家都觉得这个办法是最佳的选择。

新规在"试验田"里似乎取得了一些成效，几个月下来，运用奖惩机制，生产队的面貌有了较大的改变。

于是，村两委再次召开会议，并邀请了部分村民代表参加，在会议上让试点生产队的队长做经验交流。通过队长的现身说法，大家的认同度更高了。

但看似顺风顺水的事情，背后说不定会有隐患。这一天，乡纪委余书记打电话给李阳。余书记告诉李阳他接到了村里的反映，说他在有意破坏村里的传统文化，把原先村里祖祖辈辈留下来的祖训和教诲都丢掉了，还要另搞一套什么《村民新规》，问李阳是不是有这样的事。李阳表示是有这样的事，这是他去浦江郑宅取经后整理的新的村民行为规范，是为了增进村民素质、提升村务管理质量的一套试行办法。当时去学习的时候，乡里面也派人员参加了。余书记说："你搞一套新的标准和管理制度这本身没有问题，但前提是，你要同村民充分酝酿，征求大家的意见，在符合实际的前提下、大家一致同意的基础上再去实施，这样才可行。"

余书记的一番话，给李阳泼了一盆冷水。还好，有嫣然在，她在电话里安慰起这个踌躇满志的小伙儿来。

第二十章

　　这一天，李阳接到乡党委办公室的电话，通知老支书和李阳到乡党委开会。他们俩来到乡里会议室，看到各个村的党支部书记和驻村书记都来参会了。李阳心里想，这会不会有什么大的变动啊？会上李阳看到了熟悉的身影，李雨涵也正好在用目光搜索着李阳的身影，但在会场，两人隔得也有距离，不方便直接说话，只能用眼神交流。

　　果然，会上乡党委金书记宣布了县委的一个决定，决定的内容涉及村和村之间合并的事项，具体方案随后下发。会议结束后李阳就和老支书商量起这个事情来。

　　"要是我们村被隔壁村合并了，那该怎么办呢？"

　　"是呀，现在方案还没有看到，心里还真没底。你看我们刚刚把前期宣扬新村规的事情消停下去，大家现在情绪也较为稳定，新规在村里也可以慢慢执行起来了，现在又来这一招。"

　　爷俩这时候也只有抓头的份儿，对即将要发生的事情无能为力，毕竟这是县委的决定。

商议结束后，李阳才有机会跑到李雨涵的身旁："怎么样？近来还好吧？"

"还好，就是忙！对了，听说你很不安分，老是在村里面搞花样，闹得村民'鸡犬不宁'？"李雨涵还是不忘调侃一番。

"哪有，我是推行'新政'好嘛，再说了，这还不是为了新农村的建设。"李阳委屈地说道，"对了，你对村级合并的事怎么看？"李阳就今天会议的议题迫切地问道。

"改革是常态，只有主动适应，积极应对，有效化解，总是往好的方面发展的。"李雨涵到底是李雨涵，不表态，不直说，一副官腔样子。

"那好吧，我们只能随大流了。"李阳也觉得，面对这样的变革，还真不好表达什么。于是两人回到各自的岗位上去了。

回来后，这事弄得李阳一个晚上没有睡意。他试探着给嫣然发去信息，恰巧，嫣然也在加班，在听说这个事后，她心里也是七上八下的。这倒也不是为了她父亲村书记位置还有没有，关键是想到前期她和李阳为村里发展得更好做出的那些努力，如果变动很大，岂不是白费力气了？但现在大家都没有好的对策，唯一能做的只有等待。

经过几天的等待，乡里面的调整方案下来了，结果是岩头村把林下村合并过来，组成新的行政村。这样岩头村管辖的由原来的两个自然村变成了三个自然村，管辖的范围还扩大了，这个结果着实让大家兴奋了好一会儿。

但兴奋过后，乡里又来了一个通知。通知是要求村里根据新的架构模式，开展村两委的选举，第一步是要完成党支部的改选。而这次改选具体指导人员由乡党委负责组织的同志和驻村第一书记共同负责。

接到通知后，村里掀起了不小的风波。在组成新的行政村后，情况也变得复杂了，这意味着目前岩头村的老支书和原来林下村的支书两个中只能有一个任新的村党支部书记。那该谁来当，需要通过选举。这次选举的各项筹备工作需要李阳来牵头，其中最为关键的就是支书人选的问题。

晚上，李阳把这个情况第一时间告诉了嫣然，顺便也说了各种苦衷。嫣然听后说道："我知道你的心事，你是怕我爸这次会落选，其实没事，我爸年纪大了，退下来正好可以好好休息。再说，发展村经济的重点应该交给年轻人，村里是该'改朝换代'了。"

有嫣然的一番话，李阳的心里舒坦了很多。于是，他在乡党委组织干部的领导下，开始筹备起村党支部换届的事来。

这换届不是一件简单的事，尤其现在两个行政村合并后，情况更为复杂。为了拟定候选人，李阳多次和乡里面沟通，但他明显感觉到乡里面也是支支吾吾，对这事不直接表态。从中可以看出，每一个现任干部和乡里的这些领导都有或多或少的私人交情，乡里面也不愿意直接得罪谁，正好把这事推给李阳来具体操办，出了岔子，乡里面也好有个退路。

为了这事，李阳是整天全力以赴，晚上也是愁眉苦脸，苦苦思索着，寻找最好的方法。而此刻，嫣然不在身边，他想找个说说知心话的人也没有。

一天，李阳正在村里漫无目的地闲逛，迎面碰到了妇女主任。她看到李阳一个人在走路，立马问上一句："李书记，你一个人啊，看你魂不守神的样子，是不是嫣然走了，你闲得慌了？"

李阳看着眼前这个挺标致的小姐姐调侃自己，于是说道："是呀，嫣然走了，我无聊，就一个人走走。你也是一个人啊，要不一起？"李阳不知道哪儿来的念头，随口就说了一句邀约的话，也许此刻他是急着想找一个人诉说一下心里的话语。

"好的，能和李书记一起散步，那是何等荣幸。"一听小帅哥邀约，这妇女主任心里也十分乐意。

走了一段，两个人聊了一些村里鸡毛蒜皮的事，当然也谈了关于李阳和嫣然的事，但这些都不是李阳想说的重点。

"你是不是这段时间有心事？让我猜猜，是关于合并后村支书选举的事吧？"

"你怎么知道的？"

"这还用说吗，我是村里的百事通啊。"

"百事通，你真有这么神？那我考考你，要是你是我，你应该怎么做？"

"我呢，给你三句话：第一，不拟人选，支委会大家推选，让他们自己斗去；第二，参与争斗的都不选，选静观其变的那个；第三，这一届书记无论是谁当选了都做不长久的。"

"你这三句话何解？愿听其详。"

"第一嘛，不确定就是最好的确定，两个行政村合并，能人多了很多，上下关系也复杂，很难去确定哪些人为候选人。而让他们自己推选，自己去折腾，相互争斗，最后都会败下阵来，都成不了事。第二嘛，真正能当上村里书记的恰好是不参与争斗的人，因为这个人几方面都不得罪，最后大家在没办法的情况下，都会推荐他，乡里在权衡以后，也会比较倾向于第三方的人，所谓局外人，对大家都有一个交代。第三嘛，毕竟这个新当选的人是大家在万般无奈的情况下推上去的，等局势稳定后，几个方面的势力又会在背后使劲，想着法子把他折腾下来，然后让自己的人上位。你说我分析得对吧？"

经过眼前这个女子一分析，李阳觉得似乎很有道理，这也解释了，为什么这段时间为了改选的事，他总会在乡里四处碰壁，村里也隐约有一些别样的味道。现在他如醍醐灌顶，瞬间茅塞顿开，于是对眼前的这个女子有了不一样的钦佩之情，原来这个村里面的确是藏龙卧虎，一个小女子就能把"政局"看得这么清楚，而且有自己的独到见解，实在是很值得佩服。

寂静的夜，黑得很深沉，夜晚的乡村总是宁静的。但今晚，乡村的路上有两个说说笑笑的男女，显得和其他夜晚有着很微妙的区别，婉转的话语声随着夜空飘散开来，就这样，时间仿佛一下子就过去了。

第二十一章

连生是村党支部的老支委了，在听说这次换届村书记人选没有他的时候，他第一时间找到了李阳，责问道："李书记，我这么多年为了村里的大大小小的事，呕心沥血的，试问，我有哪些方面做得不好？"

突如其来的责问，让李阳心头一愣，只能生硬地回答道："这人选是乡里经过多次评定推荐的，我也没有决定权啊。"

"你没有决定权？乡纪委余书记都和我说了，这人选推荐方案是你报送的，乡里面也基本上尊重了村里面的意见。是你们在上报的时候就直接把我给踢出去了，还假惺惺地说你不知道。你才来我们村多长时间，就一肚子坏水儿了？"

连生的苦苦纠缠让李阳一时下不来台。老支书听见连生的责难声后，快速地跑来村部，指着连生呵斥道："你想干什么？我现在还在任上呢？怎么了，着急了？"

连生看着老支书，心里虚了不少，毕竟这么些年，老支书还是很护着他的，在老支书这里他连生还不敢放肆。

冲突是化解了，但连生背后的小动作可不少，这给村支部的选举带来了不小的风波，也给李阳增添了不少麻烦。

事情的发展果然如同妇女主任预料的那样，部分村委为了当选支书各显神通，开始蠢蠢欲动起来。看到这样的现实，李阳庆幸还好那天晚上散步遇到了妇女主任，要不然自己还真难应对。但通过那天晚上的谈话，李阳明白了应该怎么干。

于是，他下午抽了一点时间专程到乡里去了一趟。到了乡里直接来到金书记的办公室，金书记看到李阳，连忙把他让进办公室来，泡了一杯茶给他，问道："怎么样，改选的方案定好了吗？"

"金书记，我正想向您汇报这个事情呢！"

"好，那你说说。"

"是这样，我想，这两个村合并后改选，在我们乡也是头一次，我们都没有现成的经验。我建议，这次村党支部委员和支部书记以民主方式推荐候选人，最后差额投票选举产生。我们就不去酝酿候选人了，这样有利于合并后村两委的团结。"

"好呀，我认为这样的方式更好，让大家一起推荐，也符合民主原则嘛。"李阳一听金书记爽快地答应了方案，心里一块石头终于落地了。这也更加印证了妇女主任这位"高参"的厉害之处。

于是，李阳回到村里后，召开了村党支部换届工作筹备会议，会上也大概说明了这次选举支委会和支部书记的方案。大家也都心知肚明，这次李阳是有高人指点了，虽然他们心里并不是很赞同这个方案，但面儿上又不好说。因为他们认为高人肯定是乡里的某一位领导，那么这个事就没那么简单了，如果直接反对李阳的方案，就是得罪了某位领导，后面的日子肯定不太好过。于是大家都表面上通过了这个方案。

这也是李阳预想之内的事。此刻他也体会到了，越是复杂的事，越要用简单的方法去解决，这样往往大家都会认为解决这件事的手段不会那么简单，反而会选择被动地赞同。

接下来，李阳就着手准备起换届的事来……

晚上，嫣然发来了视频聊天，两个人一番嘘寒问暖后，李阳向嫣然介绍了村里党支部换届这件事情的处理方案。嫣然听到这个方案后也大吃一惊，觉得能拿出这个方案的一定是个高手，于是追问这个方案背后的高人是谁。一开始李阳还支支吾吾，在嫣然一再追问下，他只好说出了实情。

嫣然一听说是村里那个妇女主任出的主意，心里倒是有些不愉快了。因为这个妇女主任在嫣然的印象里面是一个水性杨花的女人，在村里也有一些风言风语，现在她主动靠近李阳，这让嫣然莫名地有了一股醋意。再加上刚才李阳支支吾吾的，嫣然凭借第六感，觉得这肯定有问题。但她现在又不好说什么，于是，借口工作累了就早早挂掉了视频。

而李阳由于这几天太专注换届的事，心里没太在意，认为嫣然可能确实是有些累了，那就让她早点休息吧。

不一会儿，有"咚咚咚"的敲门声，李阳打开门一看，是妇女主任在敲他的门，一副很着急的样子。

"你怎么了，这么晚还有事吗？"李阳见她很是着急就立马问道。

"我家的狗丢了，到现在还没有回来。你能帮我找找吗？"

"好吧。"于是李阳就打着手电陪她一起去寻找。

找来找去，花了个把小时，两个人啥也没找到。

"不对呀。"李阳说道。

"什么不对？"妇女主任问道。

"这里的狗不是散养的嘛，晚上找不到是很正常的，你家的狗晚上不出门吗？"

"原来是这样，那它是玩去了？"

"是呀，根本不需要找的。"

"噢，那我们就回去吧。"妇女主任说道。

一场莫名其妙的找狗之旅就这样结束了。

回到住处，一下子李阳也没了睡意。他想着反正也睡不着，干脆再审定一下村党支部改选方案。

这方案李阳思来想去，觉得还是有些环节不妥，为了更好地事前预防，他通过设置多种场景，把设想会出现的情况都一一按照突发事件处置预案的方式进行了方案完备。

即便这样，他还是感觉有些心里没底。于是，他想到了原先在单位党支部工作过的蒋怡。

"蒋怡，休息了没？"

"还没呢！你这么迟打来电话肯定有事吧！"

"也不迟呀，再说，再迟我打你电话也很正常的，是想你了呗！"

"不用这么油腻了，有事就说吧，我们都要早点休息呢！"

"也是，明天还要上班呢。是这样，我现在所在村由原先的两个村变成了三个，要将原来两个村党支部合并成一个党支部，这活我也没干过的。"

"你说的是最近推行的行政村合并的事吧！"

"是的。你原来在党支部工作过，这方面有经验，所以想向你讨教经验。"

"换届选举，重点是在会前，特别是支委的人选。选择支委你要事先充分摸底，然后个别酝酿，征求大多数党员意见，再由核心人员碰头讨论确定，最后按照程序开党员大会，这样就不会有太多的意外。"

"到底是有经验，说的问题都在要点上，头头是道。好的，我听你的，那晚安！"

"我明天发你一些资料，你再细致地琢磨一下，早点休息，不要太累，晚安，好梦！"

第二十二章

"不好了，不好了，出大事了，'木疙瘩'的儿子被人捅死了！"春花娘一路小跑，朝着"木疙瘩"家的方向跑去。

"不好了，不好了，你家儿子被人给捅死了！"

"什么，你慢慢说，是什么情况？"

"你儿子，应该是你二儿子被人给捅死了。"

"是不是真的？怎么会呢？""木疙瘩"惊慌地问道。

"是真的，是我女婿说的，不相信，你打电话问下你大儿子。"

于是，"木疙瘩"拨通了大儿子的电话。从大儿子那儿证实了他的二儿子的确是被人家给捅死了，现在人在医院的太平间里面。

不一会儿，村主任跑到村委办公室，跟李阳和老支书说了这件事。他们仨一块跑到"木疙瘩"的家里，第一眼看到，这个家已经乱成了一锅粥。于是，他们仨赶紧将瘫软在地的两位老人扶起来，安顿在床上，并叫来妇联主任，让她叫上几个人看好两位老人。随后，他们联系派出所，赶到县城去看看情况。

医院的太平间里面静静地躺着一具年轻的尸体，脖子处有明显的被利器砍过的痕迹。

"这怎么回事呀？好好地怎么会出现这样的事情，这小伙子还不到四十岁，说没就没了。唉！这年头有什么好冲动的，有话好好说嘛！"老书记看着"木疙瘩"二儿子的尸体，不由得感叹地说道，"小李，我们还是赶紧到派出所去一趟，看看肇事的具体原因。"

"好的，支书。"李阳答应着，忙和老支书驱车往派出所赶去。

来到派出所，经办的民警还没有回来。所里一位副所长大致介绍了事情发生的经过。

"这件事情，说白了就是一次两个人斗嘴后，矛盾升级造成的恶性伤害事件。"

副所长喝了一口水继续说道："两个人好像都没结婚吧？就是被砍死的那个带了一个外地女的，一起去吃饭，而饭店是凶手的堂哥开的，因此凶手整天无所事事，基本上每天都在那里。原本两个人就比较熟悉，平时也会经常斗斗嘴啥的，都有一些流里流气的。刚好看着被砍的盛某带了一个女的，凶手就前去开玩笑，说他长得这么猥琐，还有这本事带了这么漂亮的一个女朋友，说这个女的还不如跟着自己。这样你一句我一句，由原本开玩笑变成斗殴了。"

　　副所长又喝了口水，继续介绍道："两个人打斗过程中被店里的几个人拉开了，这时候大家原本没事了的，没想到，那家伙跑到厨房拿来一把菜刀，径直走到盛某的旁边，扬言要砍死他。而这个不知死活的盛某也不甘示弱，伸出脖子说，你砍呀，砍呀，说时迟那时快，那家伙还真就朝着盛某的脖子上抹了一刀。好家伙，这饭店的刀可是磨得飞快的，一刀下去，那血就止不住了，没跑几步，人就直接倒地了。这就是大概的事情经过。"

　　李阳和老支书听得目瞪口呆，感觉整件事情既荒唐又离谱，但就是这样戏剧性地发生了，让人无法接受。

　　接下来，如何做好后续工作，成为当前最为要紧的事。于是，他和老支书分工协作，老支书留在乡政府这儿，他人头比较熟，相关事情处理起来更加顺手。李阳马不停蹄地赶回村里，负责应急处置该事件的连锁反应。

　　果然，在听说事情发生后，被害方的娘舅、堂伯叔等凑到一起，准备到对方家里去讨要说法。在得知情况后，李阳迅速赶去阻止。

　　"大家听我说，听我说。"李阳赶紧抢在队伍的前头，把大家拦住。

　　"你们的心情，我是理解的。但我们千万不能这样做，这样做只会把事情闹大，牵扯到更多的人受到法律的制裁，会有更多的家庭被牵扯进来，造成更大的不幸。"李阳尽量拣重点说。

"事情已经发生了，那已经成为事实了，我们现在要做的只能是积极配合调查，把事情的缘由搞清楚。我们要相信法律会给予公正的判决，以告慰逝者。"

在李阳的劝说下，一行人慢慢地冷静下来，脚步也开始放慢，直至停下了脚步。

"唉！事到如今，我们先回去吧，先把后事给办了再说。"为首的一位年长者说道，于是大伙儿转过身来，往"木疙瘩"家走去。

此时，"木疙瘩"家里聚集了很多人，七嘴八舌的，有些亲友直接扯开嗓门哭喊，场面很是混乱。

李阳见状，赶紧把村妇女主任叫过来，和她说了几句话。于是妇女主任就发动了几个村妇，一对一地把在哭喊的妇女单独拉到楼上去了，这会儿堂前安静多了。

"我们还是一起商量一下后事怎么弄吧。"

"在法院没有宣判之前，不应该下葬吧！"

"这肯定的，要等整个判决符合我们要求才能办理后事。"

几个年长的纷纷表达自己的想法。李阳一想也对，要等事情有个水落石出才行。

"那这样，这些天，村两委的干部轮流到这里驻守，一方面帮助家里做些事情，另一方面及时处理紧急情况。

"这几天，我先轮。"李阳考虑到事发突然，村里要主动想办法稳定这户人家的安全，于是布置了村干部轮流值班的任务。

过了个把月，事情调查清楚了，法院判定凶手为过失杀人，判处死刑。

被害者被从殡仪馆接到家里，设了灵堂，这是村里几百年来的老规矩，在众人合力之下，后事办得倒也顺利。只是"木疙瘩"夫妻俩，白发人送黑发人，一时间精神很难恢复，需要休养，这口气也只能慢慢地去释怀。这就交给时间吧。

发生这件事情后，李阳更加意识到，村里这些无业的大龄青年整天这样无所事事，还真是一件麻烦的事情，需要找个途径让他们长期有事情可干，这也是推进乡村振兴的核心问题。于是，在村两委月度例行会议上，李阳围绕这件意外，提出"眼睛向内、吸取教训"，把问题抛了出来，后续想同大家一起看看有什么好的项目和途径，把这些大龄青年的问题解决好。

第二十三章

处理好"木疙瘩"家的情况后，停滞了几天的党支部换届选举的事还要加班加点地干，要不然选举的事情耽搁了，后续的很多工作就没办法开展。

选举的方案出来后，村里组织召开了一个党员大会，把方案放在党员大会上讨论。大会上，大家基本上对这个方案都没什么意见，于是，李阳就着手启用方案。第一程序就是推荐支委候选人。

果然，在候选人推荐的过程中，发生了诸多事情。各方势力纷纷使劲，搞得有点白热化。其中势力和影响力最弱小的盛斌只有静默的份儿，他想，以自己目前的实力，没有办法和任何一方的推荐人去竞争，自己只有保持沉默、静观其变，看准了哪一方能够胜出，然后跟着，让对方觉得自己是支持者就行了。往后的日子里，他就图一个能融入新的势力里面去，让自己的日子好过一点。

盛斌的表现，李阳看在眼里，也不吱声。目前他也只能在一旁静静地观望。

通过几天的酝酿，村里支委和书记的候选人终于选出来了。基本上是各方势力均有一两个代表，人数较多的是原来老支书这边的人和被合并那个村上的人。

到了选举的那天，出现了意想不到的情况。在选举会议上，几方面的人情绪都很激动，一开始还只是相互吐槽几句，到后来竟然互相骂起来，场面一度失控。

此时，李阳站起来，用事先准备好的高音喇叭呵斥道："你们想干什么？你们还是党员吗？我看你们就像是菜市场的老太太，骂骂咧咧的，成何体统？"一顿呵斥，会场终于安静了下来。

虽然安静了下来，人们各自心里还是打着算盘，算计着自己一方的利益。

"好，现在选举开始。"乡党委余副书记宣布。

好戏开始了。一番选举下来，几个候选人票数基本上差不多。支委里面盛斌当选了，老支书和原先村庄的书记也当选了，这样村委会委员就选出来了。

后面到了最为关键的时刻，要推选党支部书记了。

在会议室里，新当选的村委会委员纷纷落座。乡里余书记代表乡党委对他们的当选表示了祝贺。随后他代表组织重点说明了村党支部书记的推选办法，以及相关组织纪律。

李阳作为选举工作的组织者，也从注意事项、推选要求等方面做了说明，后面紧接着就开始了书记的推选。

推选的过程鸦雀无声，大家都很严肃。经过大家填写选票、投票、监督人员唱票、统计人员票数，意想不到的事情发生了，盛斌的票数竟然最高，比第二名高出了四票。

对于这样的结局，大家都较为意外，但几方势力也有料到。因为他们在相互争斗过程中，为了把握胜券，除了投给自己人外，把其他票数都投给了最不可能当选的盛斌。然而，正因为他们的方法和对策想到一块去了，一下子便宜了原本毫无胜算的盛斌，直接导致了他的票数最多。

这样的结局，真的被妇女主任言中了，李阳再一次对这个女子深感佩服。

不过，盛斌能够当选对于李阳来说也是好事情。一方面，盛斌的年纪更轻，具有干事创业的激情和更好的精力；另一方面，盛斌作为新当选的书记，心里要干出一番事业的欲望也更为强烈，有助于推动一些新举措的落地。

在新一届村党支部委员会上，李阳对新当选的支部委员和书记表示了祝贺。盛斌作为新一届支部书记做了表态发言。

他在发言中表示，要带领新一届支委，深刻学习领会习近平新时代中国特色社会主义思想的深刻内涵，聚焦省委、市委和县委对全面推进乡村振兴的重要要求上来，凝心聚力，精准把脉村发展的实际问题，走出去、迎进来，千方百计抓建设、一心一意谋发展，用三年时间实现村容村貌有一个翻天覆地的变化，村集体收入及村民收入翻一番。

李阳在听了盛斌的表态发言后，从四个方面给大家做了鼓劲式的发言。

"第一，我们新一届的支部班子，要提高站位。我们都知道，我们农村的现状中最大的问题是农村收入低，无法满足人民的生产、生活需要，为了生计他们不得不选择到沿海地区或者城市去打拼，以满足家庭的日常开支。我们村里有大批青壮年农民进城打工、做生意，导致村里'男耕女织'的传统生存方式已不复存在。由此，现在农村便形成了一个以妇女、儿童和老人为主体的庞大留守群体'386199部队'，只有过年时，年轻人才能回家和亲人团聚，村里才热闹起来。要改变这样的状况，我们只有发展农村经济、壮大农村支柱产业，通过项目的可持续发展，把外出的人吸引回来，扎根我们这片热土，恢复农村的生机。

"第二，要同心同德发展村集体经济。接着前面话题讲，如何留住乡村的人，吸引本地居民回流返乡创业。那就需要根据本地的自然资源、自然环境、气候、文化底蕴、资金及政策等因素，以政府引导、市场运作、能人带动或者众筹等模式找准适合本村经济发展的特色产业。如我们可以利用村庄自然资源好、文化底蕴丰富等特点，结合美丽乡村建设发展乡村旅游，带动村民发展致富等。

"我们村虽然山高地远，既没有优越的自然环境，也没有什么历史、文化旅游资源可挖掘。但是我们这里没有工业污染，水好、地宽、植被丰富、空气好，我们完全可以利用这些优势大力发展养殖业、种植业，以及水上娱乐业、康养等项目。通过产业发展，使村民的资源变资产、资金变股金、村民变股东。实现有能力、有资金的当老板，有劳动能力的可以在家门口就业，增加了劳动收入，年底还可以分到相应的股金，这样既可以挣到钱养家糊口，又可以照顾好小孩、老人等，使大家安居乐业、社会稳定和谐发展。

"第三，要体现责任担当。只有敢作敢为、有想法、敢担当、有能力、实实在在为老百姓做事，带动全村人民不畏困难、努力做实事的村干部，才能带动村民脱贫致富奔小康，实现真正意义上的乡村振兴。我们新一届支部委员都具有丰富的农村工作经验，也是推动村里各项工作的攻坚力量，我们有充分的信心，在原来的基础上，把各项工作推向更高的一个层次。

"第四，要坚定乡村振兴发展信念。乡村振兴真的是一个很大的命题，需要无数有志乡村振兴的人来共同努力。户户有炊烟、人人笑开颜的美丽乡村写照，应该不只是停留在梦里，如果我们能够身先士卒地全身心投入这场变革中，去踏实、奋进地解决一路上的问题，投身到这个伟大的事业中，或许在不久的将来，我们村会成为乡里最快、最好实现乡村振兴的示范村，为全市、全省、全国提供诸多借鉴的经验，为实现中国的农业梦贡献力量！"

第二十四章

新一届村委班子召开会议后，李阳单独把刚刚当选的盛斌留下来，再次表达了祝贺之情。

更为主要的是两个人要聊聊后面的工作怎么开展。

"李书记，后面的工作我都听您的，您怎么说，我就怎么干。"盛斌的一番话倒也实诚。

"既然这样，那我就单刀直入了。

"我是这样想的：首先，还是要把我们之前好不容易搞出来的《村民新规》执行起来，把大家的思想觉悟提高，要符合新时代的要求，这样才有发展后劲。其次，我们要承接县乡大力开展的村容村貌整治活动，发动开展村庄环境整治，把村容村貌给搞好，整洁优美的环境大家住得安心，同时也能更好地吸引游客。再次，是有限发展现有的资源。重新流转村里的茶园，按照公开招投标的方式进行招标，这样不但体现公平公正，同时也能为村集体经济增加收益。把我们进村那处大岭殿梯田流转开发起来，种上观赏性的植物，吸引游客。同时发挥夏天大山里凉快适合避暑的优势，开展宣传，这里有山有花有水，能够吸引游客。我们还要引进竹制品深加工企业，把竹子资源优势发挥出来。最后，我们要有效发挥好邻县是"世界小商品之都"的优势，把一些手工加工产品引进来，发挥村里妇女多的优势，把手工产品加工做好，增加家庭收入。最为重要的是我们还要在保护好现在村貌的基础上，积极向上级争取，建造一批村里面的安置房，把大家都从原有的老村庄迁出来，把那些老房子加以改造，'修旧利旧'，发展乡村旅游。你看怎么样？"

"好，很好，我们就这么干。"盛斌答应得很爽快。

李阳把村里换届选举的过程和嫣然说了，并说："盛斌当选书记对于我们开展工作是有利的，你看，我们之前整理出来的村规民约，他也表示赞同，并表示我们可以推行了。"

对于这样的好事，嫣然也很是高兴。于是，她约李阳在线上再对相关约定进行一下核定，这样后续实施起来会更加顺利。

村妇女主任听说李阳要实施什么新的村规民约，主动来找李阳："李书记，听说你准备实施村规民约了？"

李阳点点头表示确定。

"到底是啥内容啊？"

"到时候公布了就会知道了。"

"那有没有涉及我们妇女方面的约定？"

"当然有的。"

"是要改变一下村里的风气了，我挺你，你还真能干。"

李阳晚上又翻看起原先归纳出来的村规民约内容，左看右看，感觉少了一段导语，于是，趁着夜深人静，他又开始加班。

"忠贞报国、克己奉公、知书识礼、行善积德；勤劳节俭、重守信义、敦品厚德、天道酬勤；谦虚谨慎、勤劳朴素、勤俭持家、艰苦奋斗；好学上进、团结友爱、忠厚诚实、礼貌待人；宽以待人、尊老爱幼、幽默风趣、庄重正派；慷慨正义、慈悲善良、自尊自立、自强自爱。"看着这些郑氏家族"家训"的关键词，李阳写道："'家训'虽然是简朴踏实的表述，但这些规约，可以不断鞭策着家族里的每一个人，不管男女老少，大家都把家训铭记于心，严于律己，争相为家族争光。一代又一代的年轻人铭记着家训、踏着祖辈们的脚印会走得更远更好。

"好家风、好家训是传家宝。在一些历史故事中，我们也能窥见家风对后代为人处世的影响。我们所熟知的张英'六尺巷'的故事，'千里家书只为墙，让他三尺又何妨'，这样的胸襟与包容，化干戈为玉帛，很好地化解了邻里之争，传为后世美谈。而这种淡泊致远、克己清廉的家风也获得了其后代很好的传承，张英的儿子张廷玉三朝为官，清廉公正，学识过人，为史家公认的学者大儒，六尺巷在父辈那里宽了六尺，而在他的心胸中又宽了万丈，

'心底无私天地宽'，无私的心胸因此坦荡而无垠！

"家风虽小事，关乎大国治。家是最小的国，国是千万家，家风相连形成民风，民风相融促成社会风气。家风正，则民风淳；民风淳，则社风清。传承好家风，对社会而言，是一种巨大的道德精神力量。一个社会要和谐美好，弘扬家风不可或缺。当前，培育和践行社会主义核心价值观，也必须从一个家庭做起。尤其要重视家风和家教，突出价值观和道德教育，使社会主义核心价值观融入每个家庭和每个公民的日常道德行为中，真正凝聚起践行社会主义核心价值观的最基本力量。

"好家风是祖辈经历沧桑岁月，用智慧凝结出来的精神财富。但随着时代的进步，家风传承的内容也应与时俱进，适时补充外延，做到与时代同歌、与发展共舞。特别是要与我们倡导的核心价值观顺接，要延伸到我们今天的时代主题中去，把诸如环境保护、低碳生活、生态文明建设等要素增添到家风家教中，为这些好的倡导增添一份遵守与执行力，同时也使美好家风获得新的发展空间而千载传承。让我们传承好家风，为促进社会主义现代化目标早日实现，为实现中国梦，为促进中华民族复兴的宏伟目标，贡献力量！"

写完倡议式的导语，李阳感觉村规民约的内涵又丰富了一些。

写好后，李阳把文章分别发给了李雨涵和嫣然，想征求一下她们的意见。

李雨涵看后，回复了一段话："这个导语写得好，满满的正能量，看后能激起大家为之努力的动力。这个等你们村实施后，我们也结合实际，在原来的基础上再优化，制定一个我们自己具体的'村规民约'。现在农村大多数人对核心的价值文化和传统优秀文化的传承是日渐薄弱，确实需要这样的精神食粮来补充一下。"

嫣然看后也很是赞赏，提出了结合村里实际，在文字表述上加上一些实际内容的建议。

李阳听后感觉很有道理，于是在原来的基础上继续优化，开动脑筋，尽量做到让文化基础不高的村民也能很轻松地熟知熟记核心内容要义，这样村规民约推广起来更贴合民心民意。

第二十五章

这天，一台挖掘机轰隆隆开进了村，村民瞪大了眼睛，望着这台庞然大物，不知所以然。

盛斌一一喊话："书记免费为大家平整土地，把我们荒废的坡坡岭岭重新规整，种上经济作物，愿意跟着书记走的表个态，不愿意的，先挖了地再说，大家说好不好？"

话音刚落，大家一致同意，免费挖地，谁不想占这个大便宜！

项目很顺利地进行着，每天都有闲人和关注自家地界的村民跟着挖掘机看热闹，一边佩服机器的生产力，一边把挖过的地的边界石重新栽上。村民个个把土地看得很重，就算很多地荒芜了，也是自己的，不想转给别人。李阳早想到了这一点，没有过分强调征收，他打算让村民都参与进来，有个别不想参与的，可以由集体接手，这是最好的办法。

盛斌每天都不离挖掘机左右，挖到谁家地界，有了矛盾，盛斌都耐心说服。

春花娘理了理蓬乱的头发，冲着挖掘机师傅摆了摆手，示意他停下机器，盛斌赶紧走过来询问缘由。

"你有什么问题吗，跟我说，先不要打扰师傅干活好不好，咱是论小时出钱的，耽误时间亏的是咱们啊。"盛斌说道。

春花娘突然有点气愤："你亏，我就不亏吗？你们看看我地边的树，都被挖掘机挖出根了，说不定哪天起个风就能刮倒，你们为大家办好事，不要坑了我呀！"一边说，一边要拦住挖掘机施工，声音越来越大。

盛斌赶忙好言安慰："搞坏几棵树，确实对不起你。我代表村两委向你道歉，再代表所有村民对你表示感谢！感谢你不计个人得失，为全村群众大公无私、舍己为人的精神，你的损失我们会记得，也会用另一种方式回报你。放心，以后你有什么合理要求，我们会优先考虑解决的，现在为了大局，你先忍忍，等地挖完，你深明大义，是乡亲的榜样。"盛斌很会看人说话，他知道春花娘嘴碎，但有个致命弱点就是爱戴高帽，好听话一说，亲热劲儿就来了，什么事都好办，而且她一定会逢人就替村里说话。

果然，春花娘立刻眉开眼笑，她很多时候并非无理取闹，只是不能被人无视，有人把她放在一定高度，她有了存在感，就有了自信。

"我不是争那几棵树，书记和咱不沾亲不带故，为咱村做好事，那也是咱遇到好人了，只要有你们一句话，要是需要，就是把几棵树挖掉，我也愿意。"

盛斌突然有点感动，每个村民都有缺点，但在大是大非面前，还是有以大局为重的精神的，他们的要求很简单，就是你重视他，他就拥护你，有时候他们争的就是一口气。

李阳很赞同盛斌的做法，大多数老百姓都是纯朴善良的，他们要的是领导的一个态度。一句话可以成事，一句话也可以败事，很多时候，你有意无意的言语可能伤害一个人的心，也可以温暖他们。所以，李阳到了村里后，特别注意和村民关系的处理方式，尽量让矛盾消化在萌芽状态，这也是提高自己整体水平的重要方法。

晚上，村两委又聚在一起，继续探讨村里平整土地的问题，承包商向与会人员介绍道："村里平整土地主要是为了便于耕作、播种、灌溉、排水、施肥、打药及收获等作业。平整的过程主要是清除土壤表层妨碍机械作业、影响农作物生长的岩石、树桩等。一般清理深度为35厘米左右。规划设计中未予保留的乔木、灌木等亦应清除掉。按照规划设计要求，削高填洼，平整土地。低洼处填方时应考虑填土的沉陷问题。"

"我们平整后的土地，主要设想是统一栽种油菜花、薰衣草等成片的花卉，吸引游客来游玩，构成一幅'景在乡村秀，人在画中游'的美丽画卷。让城市里的'倦鸟'更向往乡村的美丽风景。"李阳补充道。

"是的，前几年，我去过象山县的美丽集镇定塘镇，那边就建设得很好，每年都能吸引周边很多游客去游玩，给村镇经济带来了可观的收入。"盛斌补充道。

"来年开春后，我们要按照制订的实施方案，积极融合资源，串联周边镇域村庄、特色产业、民俗文化、自然风情，全力打造'柏九'精品线、山乡绿道。以'田园风景、五彩村镇'为主题，结合最美公路项目，对沿线脏乱差现象进行整治，补全基础设施，丰富道路两侧的植物景观，分段突出主题鲜明的特色。"老支书眉开眼笑地说道。其实这些思路，是李阳灌输给他的，结果他全盘接受了，成了推行新农村建设风貌的最好代言人。

"乡村深入挖掘独特的田园水乡资源和人文底蕴，注重整体风貌规划管控，打造富有本土特色的'多彩果蔬、田园风貌'是我们的目标，我们要为之努力。"嫣然通过语音也在关注着村里的这项大动作。

其实，平整这块梯田是李阳几个动作的第一步，接下来，他还想对陈旧老化的老房子进行改造，对村里的道路进行改造，彻底扭转村里环境脏乱差等"顽固问题"；不搞大拆大建，以"立面改造、老房修缮"来破"旧"，以"违建拆除、节点打造"来破"差"，以"管线地埋、空间拓展"来破"乱"，提升村里的整体环境；以治堵、治乱、治差等"六治"为重点，开展综合治理，改善村里的交通状况，利用碎片化土地新增停车场，确保村里家家户户道路畅通。另外，他想通过去除废线、归并散线、檐下走线、合理入地的方式，对村里私搭乱建的电线线路进行全面整治，展现清爽的面貌。

在李阳的心里，已经铺好了一张设计图：通过村环境综合整治，将田园元素、农耕文化与村貌建设有机融合，利用街边巷弄的墙绘展示农耕劳作场景，形成富有农村特色的风貌。围绕梦幻山乡，大力推进周边景观工程，建设沿山走廊、生态河岸、绿化景观、夜景小品等项目，将乡村最具优势、富有灵性的原生态的山色景观，打造成山乡旅游的样板。

"阡陌之上，站在田垄上回望，'田园'是采菊东篱下的超脱，'田园'是长满儿时快乐时光的美好回忆，'田园'更是一片充满神奇诱惑的乡野，这里也是一个乡愁和梦境开启的地方。"李阳把梦想中的场景描绘给了嫣然。

第二十六章

阳春三月，春天欣欣然睁开眼睛，轻轻抖落冬天积压的烦扰，还给人们一个明朗的心情，更是给岩头村带来了前所未有的喜人场面。

浅浅的绿渲染出浓浓的生机，淡淡的花香装点出烈烈的诗情。一大早，新传媒的记者混杂在前来赏油菜花的游客队伍中，认真拍摄和录视频，然后配注简单的文字，并不时地上传到他们的新闻快线上，交给他们的编辑审核，再由编辑直接请示审定。

李阳走过去时，看见存军在和一个记者握手道别，当客人各自回到自己的车内后，李阳快步走上前去，拉住存军的手问道："这些记者朋友是你请来的？"

"是呀，很意外吧？"

"确实有些意外，没想到你现在出息了，有了这么好的资源。"

"这还不是多亏你，你把我们送到你表哥那里去打工，后来我逐步自己也开始承包一些小的工程，这样一点点有了人脉和积蓄，现在日子过得还行。"

"那太好了，像你这样的青年是要出去闯一闯的，你看这不成功了嘛！那其他人现在怎么样了？他们都很久没有回来过了！"

"也都还行吧，大多数还在你表哥那儿干着，不过基本上也都是小主管了，不用那么辛苦了。我这次主要是看着你为了我们这个村忙前忙后的，花费了这么多的心血，看着种满油菜花的梯田，我心里可意外了，正好认识几个媒体朋友，就相约来这里看看，顺便帮我们宣传宣传。"存军赞扬道。

"哈哈哈，美丽乡村需要我们共同努力，感谢你呀。"

新传媒记者的车刚刚开出去没多久，岩头村美丽的油菜花盛开的新闻就发出来了。现在是信息传播飞快的时代，新媒体的消息即时在所有手机端弹出了新闻。

文字不多，但是图片和视频多，而且剪辑搭配得非常好，体现了很高的制作水平，简洁明了。不久，无数信息涌入李阳的手机，微信好友纷纷祝贺他、称赞他。

又是忙了一天，这时，夜空如墨，除了虫鸣唧唧，岩头村里已经没什么声音了。李阳钻进自己的汽车里，准备回村办公楼，此时听到手机"叮叮"响，一看是李雨涵打来的语音电话。

"短短时间就搞出了这么大动静，看来你做得不错呀！"

"效果还好吧？"李阳也喜悦地问道。

"不错不错，继续加油，继续努力，明后天我抽点时间，带上我的人去你那儿参观学习一下。"

"好的，欢迎欢迎，还要你多多指导呢！"

科里的科长也发来了信息："李阳，看来你在驻村期间动作很快，成效不错嘛，都搞出花海了，不错不错，继续好好干！"

"只是小有成绩，感谢李科长关心，欢迎有空来实地指导。"

"恭喜你呀，搞出了这么好看的油菜花梯田，看来我们动作都慢了。"一起参加省里培训的同学们在群里@李阳。

于是，同学群里都在说着李阳搞出大动静的事，大家都给他点赞。

"李阳，动作很快嘛，这是好事啊！"

李阳看到市府办的曾秘书也发来信息，于是急忙回复："谢谢曾秘书关照！我们只是顺山里特色、与山色同行，先把短平快的项目建起来了，展现大山的美丽，就是给我们村最好的代言。感谢曾秘书长期以来的关心，希望再帮我们传播正能量。对了，我想在村里再推一把民宿业，准备今年就开始行动。因为最近关于我们村的新闻很多，所以，接下来，会有很多各地的客人到村里来，急需民宿业，希望多指导指导。"

"呵呵，好！有什么事，我能帮的会帮一把的。"

"感动！很是感谢。"

李阳又翻看微信，看到嫣然刚刚发来信息："祝贺，看到了你忙碌的身影，为人民服务！不错，辛苦了，早点睡，明天还要向我问安的。（笑脸表情）"

李阳急复："在星河清浅的夜，你坠入我的梦里。我现在在回宿舍的路上，明天一早先向你问安，然后再洗澡，我现在已经没有力气脱衣服了。"

"呵呵！晚安！"

"晚安！"

李阳继续翻看信息，看到不少上级领导也发来了祝贺，便逐一回复表示感谢。然后，其他人的信息就不回复了，因为太迟了怕影响人家休息。继而，他翻到了谢小余的信息："厉害！兄弟！连新闻都出来了，今天一定很累了吧？"

李阳回复："嗯！很累，刚送走客人，没想到记者就在参观游客的队伍里，幸好我及时赶到。我现在还在山路边，你先睡吧，我也准备回宿舍睡了。"

"嗯！晚安！我周末和兄弟们过去，到时候我们一起整一点。"

"好的，欢迎你来！兄弟，晚安！"

"晚安！"

李阳回复完信息，驾车回到村办公楼，看到盛斌、存军、老支书等人正在二楼的宿舍里喝啤酒、吃花生。二楼这间新宿舍很大，只有李阳一个人住。

盛斌看到李阳，热情地过来拉着他就往桌子上拖："回来了，李书记的点子果然好，没想到一下子我们村就成为近期新闻焦点了，你看今天来的游客这么多，村上很多人去售卖山货、饮料等，收入都还不错，在家门口做生意就是好，我们还是破天荒第一次体验到这样的好事呢。"

李阳含笑说："这只是开始呢，慢慢地等我们周边山上景观啥的都弄好，延伸旅游资源，我们的收益还会更好。"

"对了，今天记者这件事，还得感谢存军，是他邀请来的，动作比我还快，效果也好。"

"哪有哪有，这都是为我们的村更好嘛，大家都要尽力的。"

等走到桌边，李阳看着老支书说道："对了，盛书记，我有个想法，想同大家商量，刚好我们几个都在。"

"好的，小李，你说。"老支书应允道。

"我想在村里腾出一些房子，最好是靠近路边的，准备开发民宿，或者村民不愿意出让房子的，就发动村民以自己的名义办民宿，具体管理和指导由我们村里负责，双方签订合同，拿分成；或者干脆村里出租金，把房子租下来，我们先当试验田，如果有亏损的，就把风险转移到村里来，你们看可行吗？"

"是的，是该办一些民宿了，我在外面去过很多地方，都搞民宿，有些地方的资源还没有我们这儿好，我们山清水秀，空气质量高，再加上夏天比外面凉快好几度，会吸引大批的游客入住的，我赞成。"存军说道。

"哈哈哈！好的，那我们今年上半年就把这个纳入重点工作。"

"还是小李书记点子多，智多星啊！"众人大笑起来。

李阳举杯说："来，干了这一杯，明天开始就干这事。"

"干杯！"

众人举杯一碰，各自仰头一饮而尽。

酒喝高了，又到了夜深人静的时候，这时李阳接到了一个别样的"问候"："李阳，我们分手吧。"

看到蒋怡发过来的信息，他的酒瞬间醒了一大半。其实这样的结局在李阳的心里已经预演过了，但没想到会来得这么突然，而且是在他驻村后最为开心的晚上。此时，他也不知道应该怎么回复这个信息，心里五味杂陈。

慢慢地挪到床边，李阳缓缓地躺下身子，脑海里面闪现的是一幕幕美好的过往……

第二十七章

　　第二天，虽然李阳心里还有一些酸楚，但工作还是要继续。于是，一早他就约上盛斌和老支书，准备去村里转转，看看哪家适合率先开民宿。围绕村庄公路两边的农户倒是有七八家，新建房子的也有五六家。他们三人逐家去了解情况，但对于民宿这样的新鲜玩意儿很多人家都还不太愿意接受。

　　"你们是在看什么呢？房子吗？我家这个行不行！"春花娘总是一副不嫌事大的架势。

　　"是的，我们在看房子，琢磨着选一家试开民宿呢！"盛斌回复道。

　　"做民宿我家倒是合适的，你们也知道我家女儿多，而且个个貌美如花。"春花娘笑开了花。

　　"女儿多是合适，帮手也多，但如果选你家要试菜的！"李阳故意借题探问。

　　"没问题，那中午你们就在我家里吃好了，我给你们做几个家常菜如何？"

"好！那说好了，吃饭可以，但我们要付钱的。"李阳说道。

"付什么钱啊，都是家里自己种的菜。"

"那不行，这好歹要有规矩。"老支书也补充道。

"反正吃了再说吧！那我去准备菜了，到时候你们过来就行。"春花娘热情地去筹备中饭了。

三人沿着村公路继续逛，边走边商量着。

"你别说，这春花娘好客的态度倒也适合开民宿。"李阳试探性地说道。

"是的，但她也有一个致命的缺点，就是话太碎，有点啥事情到了她那儿，就成了乡村大广播，广而告之了。"盛斌不护短地直接指出了问题。

"这倒也是，来来往往的人，各种事情在这里就成为大众话题了。"老支书也把顾虑说了出来。

"那就要看我们在培训的时候怎么去引导她，再说，我们也会有管理人员派进去的。"李阳还是从正面来看待这个问题。

"不管怎么说，我们中午去试试菜再定吧！"盛斌一副吃货的样子，看着着实很"农民"。

这边，春花娘也想了几个拿手菜。她准备做"荷塘月色"、农家红烧肉、"金色花开"、农家狮子头、红烧鱼头炖豆腐，再加一个小青菜就差不多了。

到了晌午，李阳他们仨应邀来到春花娘家里品尝菜品。

春花娘已经摆上了一桌子的菜，还特意拿出了珍藏十来年的土烧，这土烧叫"梅江烧"，在当地也算是很有特色的土烧酒，放了十来年的那更是上品。

三个人看着满满一桌子的菜，有荤有素，主菜和配菜的颜色也搭配得很好看，看着挺有食欲的。

"来来来，你们三个品尝一下，这道是红烧鱼头炖豆腐，我炖了快一小时了，这鱼头就是要慢慢炖才入味。这道是农家红烧肉，你们看看火候怎么样。这道是……"春花娘一道道菜介绍。

三个人也逐一品尝了一下，都觉得烧得确实不错，尤其这"荷塘月色"最为好看、好吃，于是他们问春花娘这道菜是怎么想出来的，又是怎么做的。

"这'荷塘月色'呀，要现摘新鲜的荷花，把荷花洗净，然后在开水里面氽一下，保持花朵的鲜艳。莲藕要选最头上的第二节，这第二节比第一节要稍微脆一些，肉也厚实一些，炒起来很容易熟，又保持清脆和清香的本质。待莲藕炒熟后，放置在莲花瓣上，再用一点点新鲜的荷叶切丝，用高温热油快速地炸一下，撒在莲藕上，这样荷叶的清香就出来了，整个菜就很有荷塘的风味。"

"还真不错，有点大厨的风范。"李阳赞叹道。

"这'金色花开'就更有特色了，我刚才品尝了一下，一下子还吃不出来是用什么做的，你介绍一下？"盛斌吃得停不下来，抽空问道。

"你们再吃吃看？"春花娘故意卖关子说道。

"还真不太好确定，难道是丝瓜的花？"老支书也为难了。

"这是用南瓜花瓣做的。"春花娘看着三个一脸疑问的人，干脆揭开了谜底。

"这个要用最大朵的南瓜花瓣，洗净后，用面粉和去掉蛋黄的鸡蛋液，加调味料，把护液味道调好，然后用护液裹住每一个花瓣。先用五成热的油温炸花瓣，这样主要是给花瓣定型，然后再用高温把花瓣炸得酥脆即可。这样既保留了花瓣鲜艳的颜色，口感又脆脆的，还有花香。"

"不错不错，真好吃。"盛斌此刻就剩下吃了。

"来，大家也别光顾着吃菜，尝尝我家这酒怎么样。"春花娘端起酒杯敬了大家一口。

"这酒还真不错，入口很绵柔，回甘有点甜味。"老支书作为"久经沙场"的老酒友，对这酒评价极高。

"这酒是荞麦酒，是我们自己家酿的，但放着一直没喝，前后有十来年了。"

"好酒，好酒。"三个人纷纷赞扬道。

"你们再看看我做的狮子头怎么样。"春花娘又推荐了自己的一道拿手好菜。

"这做狮子头也是有讲究的，其中最要紧的是肥瘦猪肉的比例，要 3∶1，肥肉多了会偏油腻，少了又会柴，影响口感。再就是放番薯粉很有讲究的，不能多也不能少，多了淀粉味道太浓，口感不好，少了又黏性不够，成不了形。最后一道工序是反复搅拌，让料上劲儿，只有上劲儿了吃起来才有嚼劲儿。"

"你这是行家呀，真想不到，我们村上还有这么一位大厨。你是不是在哪里学过烹饪？"李阳吃了几道菜，感觉真的不比外面饭店的差，于是一边赞叹一边又疑惑地问道。

"我年轻的时候在义乌工地上烧过菜，那时候有百八十号人吃饭。"春花娘自豪地介绍道。

"那难怪了，真不错，好手艺。"盛斌赞不绝口。

三个人酒足饭饱，基本上把桌上的菜都扫干净了。这几道菜确实不错，很有农家的特色，味道又好，春花娘的手艺确实具备了开餐饮店的基础。

三个人起身后，李阳留了两百块钱在桌子上就准备退出门口："春花娘，我们吃得很饱，你做的菜真的太好吃了。"

"好吃下次再来。"春花娘正在里屋忙着。

"那我们先走了，谢谢了。"盛斌也客气地说道。于是三个人就朝着村部走去。

等春花娘回到餐桌前看到这两百块钱，追出来的时候，三个人已经走得没影了。

第二十八章

　　三个人微醺着来到了村部的会议上，开始讨论起开试点民宿的合适人选。三个人从刚才试菜中，对春花娘"一颗慧心调美味，两只巧手做佳肴"的手艺是赞不绝口。但顾虑还是有的，尤其是老支书，多年来他对村里每一个人的品性都较为了解。

　　"关键是眼下也没有合适的人选了。"李阳还是坚持可以试一试的想法。

　　"如果选春花娘这家来做试点，那么对她家也要做适当的改造吧？"盛斌说道。

　　"是的，一楼的大厅要改造，门口的院子也要适当地提升，二楼房间可以先整个一两间出来，费用估计也不小。"老支书说道。

　　"那这样，具体的改造方案我回头再想一想，具体的费用也估算一下，怎么经营、村里怎么参与等方案我也做一个，然后我们上会集体讨论一下。"李阳把这些细致的活一股脑儿地揽到了自己的身上，主意是他提的，那方案也总归要他来做。

"我们还要再讨论一下村里这条绕村的主干道拓宽的事。"李阳面对最为难弄的问题，心里也没底。

"这条道路，我们几届党支部都想做，但都没能做好。"这是一个老大难的问题，老支书心里最清楚。因为，这里涉及多户人家要拆除院墙甚至违章建筑的事，而违章建筑在农村又不好鉴定，都是乡里乡亲的，所以这事就很难推进。

"你们指的是不是要找一个突破口？我也细致观察和思考了一下，连生家的围墙就在道路的转弯角，是一个最窄的地方，而他是村里多年的会计，现在又是支委，如果把他攻下了，是不是问题就解决了？"

"干部带头，很多事情就好办多了，但这家伙有点倔的。"盛斌感慨道，"而且这次选举的事，他心里很不痛快的，他一心想上，阴差阳错大家都选了我，估计在他那儿这道坎很难过去。"盛斌对于这个事情，心里顾虑很大。

"没事，我改天去探探他的口风。"李阳又一次主动挑起担子。老支书看着这个年轻小伙儿，有这份担当实在是难能可贵，心中对他有了一种敬佩之情。

李阳心里明白，要想村庄环境整治搞得有成效，道路拓宽是解开整个问题的一条主线，只有搞好这条线，很多问题才能迎刃而解。如果村庄的整体风貌不搞上去，要想提升村庄的整体美誉度、形成自己设想的田园风光是不可能的。于是他也只有硬着头皮迎难而上了。

为了打开拓宽绕村道路这个死结，李阳看着今晚没什么要紧的事，走到连生的办公室说道："老哥，我来村里也有好几个月了，听说家里的嫂子做菜很有一套，色香味俱全，可惜我一直没有口福，唉！"

连生说："那还不简单，要不今晚你就和我一起去家里吃个便饭，正好我也一直想邀请你到我家去做客，但你好像一直都很忙，我也就拖着没邀请你。"

"好呀，正好我从城里带来的一瓶好酒还没打开喝，今晚就去你家蹭个饭。"李阳顺坡下驴，准备晚上喝酒的时候把这个事情说道说道。

"那我给我老婆先打个电话，让她准备一下。我们还要叫上其他人吗？"

"你看，我客随主便。"

"那要不算了，人多嘴杂，也容易喝多。"连生好像也有什么事情想要单独和李阳交流一下，这李阳也听出来了。

连生的老婆备好了一桌酒菜。

"哇，嫂子的手艺真不错，这满满的一桌菜真是色香味俱全，嫂子辛苦了。"李阳乖巧地说道，直夸得连生老婆笑开了花。

"献丑了，献丑了，家里也没什么好招待的，就这样简单应付一下吧。"连生老婆笑着说道，"要是还好吃的话，常来，反正便菜便饭，加双碗筷就是了。"

"谢谢嫂子，你这道响铃是用浦江的豆腐皮做的吧，这个是我最喜欢吃的，真好，这样的话，想我不常来都难了。"李阳看着美食，情不自禁地夹了一块放在嘴里吃了起来。

正吃着他忽然想起来，自己还带着一瓶好酒呢，于是赶紧把酒打开说道："老哥，晚上就先喝我这个酒，这个是十年陈的口子窖，你别看这个酒没包装，这是'特供'的内部酒，不流市面上去的，所以酒不错。来，我给你先满上一杯。"

"你小子，还有这么好的私藏，也不早点说。"

于是，两个人都满满地倒了一杯。

"来，我先敬老哥一杯。嫂子你也来喝点。"李阳主动敬酒，表达着诚意。

酒喝起来，两个人也一边吃着，一边聊着。

"老弟，真对不起！村里的事情，有些复杂，不是你我想象的那么简单。我毕竟也是村里的干部，我的上级有许多，我的上级还有上级，如果我有不周之处，恳请你原谅，也恳请你多多批评指教。"

连生这话风一转，似乎话里有话。

于是，李阳便含笑说："哪敢啊，老哥，我们年轻人初出茅庐，很多方面还需要你帮着呢，你们长期在村里工作，也很不容易，受到重重压力。现在，我最大的愿望，就是想尽快推进村容村貌的整治，把一个美丽的田园景色呈现出来，那样才能吸引更多的游客来游玩，带动村里的整体收益。"

连生拍手叫好说："好啊！太好了！你这个想法很好，我就喜欢你干工作雷厉风行的风格。"

几杯酒下肚，两个人都有些微醺，于是讲话也更为直接了。

"但目前，我有件事情很为难，这件事情不解决，我的整个计划就打水漂了。"李阳借着酒劲开始往主题上引。

"啥事，只要哥能帮到的一定帮。"

"这件事还真只有哥你才能帮上了。"

"哦？说来听听。"

于是李阳把要拓宽绕村道路，想让连生家拆掉部分围墙的事说了一遍。说完，连生脸上青一阵紫一阵的，表情很难看。李阳看着连生，心里也直打鼓，不知道结果会如何，他心里想，反正已经说出口了，随他去了。

过了一会儿，连生说道："老弟，也不是你一个人来说过，多少年了，我都坚持没让，他们也不能拿我怎么样。"连生故意提高了嗓门。

"这次选举结果你也知道，我心里也清楚，他们是故意的。"连生果然对于选举的事还是耿耿于怀。

"没有，没有，这选举是按照程序的，但我觉得老哥你的能力和担当都配得上当书记，我们下一届积极争取。"李阳为了缓解尴尬，于是接口道。

"少来，还下一届，下一届鬼知道我们在哪儿！"连生明显是气话。

"但你小子做事情的风格，我还是喜欢的。"连生说道，"来，我们把这杯酒干了再说。"

"感情铁不铁，铁！那就不怕胃出血；感情深不深，深！那就不怕打吊针。"李阳豪情壮语道。

两人举杯相碰，各自一饮而尽。

第二十九章

　　两个人继续整着白酒，眼看着三杯快见底了，李阳见时机也差不多了，于是借着酒劲说道："老哥，你也知道，推进村里的事务，主要还是看干部怎么干。眼下要把村里这条道路拓宽，你家这围墙如果能稍微往里面移一下，其他人家看着就没话说了，会跟着动作的。"

　　"你的意思是先拿我'开刀'，当'突破口'？"连生听着还是有些不太情愿。

　　"也不是这个意思，主要是我们都是村里的干部，俗话说'干部要先干一步'的嘛。现在中央号召我们基层，要落实好党中央决策部署的'最后一公里'，要真心地发挥好群众安危冷暖的'传感器'作用。我们基层干部离群众最近，要在基层砥砺前行，不怕吃苦，能与群众打成一片，以实实在在的业绩赢得群众的支持和信任。立足新征程新起点，唯有实干，才能一步步现实梦想。"李阳动之以情，用浑身解数来说服眼前这个还带着顾虑的老哥。

"你说的这些道理，我也懂，但这一动就要花钱的。"

"你花的钱，我来想办法，如何？"李阳心里知道，他顾虑的不是钱的事，而是农村人思想上有守旧的观念，自己的宅基地是不想让步的。

"要是你不动，这事就真的难办了。"李阳继续打着感情牌。

"那这样，老弟，我们俩今天酒喝到这样的分儿上了，我也感觉你这个小弟为人、做事都比较爽快，是一个值得交的兄弟。你哥这里还有一件难事，要是你能帮我办成，我就听你的，怎么样？"

"那具体是什么事呢？说来听听，我能办到的尽力而为。"李阳看着有戏，也表了个决心。

"事情是这样的，我儿子在金华职业技术学院读书，明年就毕业了，学的是轨道交通专业，想找个地方实习，以便后续能进入交通系统工作，目前好像学校不集体安排实习单位了，要自己找。我也没什么路子，你在外面，朋友多，路子广，能不能帮着看看有什么合适的单位。"

"这件事呀，可以。现在金华不是在建设轨道交通嘛，应该需要这方面专业的人的，我正好认识轨道交通集团党群办的主任，我帮你问问。"

"好的，事情如果解决了，我退让的事也一定照办。"连生答应得也爽快。农村人总的还是比较纯朴的，只要心交心，真诚地对待，很好地沟通，尤其是陪着畅饮一番，很多问题还是能解决的。

　　两个人一直喝到了很晚，都有些醉意了。李阳也是有生以来第一次喝这么多酒，他站起身准备回宿舍睡觉去，但走了几步就有些踉跄，连生的老婆看他喝得这么多劝他在他们家睡下，但李阳坚持要自己回去。坐着喝了一点茶水后，李阳感觉好些了，再说连生家离村部宿舍也不远，于是李阳打着手电朝着村部走去。

　　一路上，李阳还是有点晃晃悠悠的，但他感觉自己的状态还好，这酒喝得开心，也喝出了成果，心里还是感觉挺满意的。

　　酒喝高了，人就想说说话。李阳的脑袋里瞬间闪过，上次蒋怡发来分手的信息还没有回复呢，于是他拨通了蒋怡的电话，心里满是愧疚。

　　"喂，睡了吗？"

　　"哪能睡得着呀！"蒋怡接起电话应道。

　　"这是怎么了，睡不着？"李阳故意问道。

　　"写情殇呗！"

　　"写啥？没听懂。"

　　"算了，你现在已经听不懂了，也无须听懂了。"蒋怡说话有点带酸。

　　"好吧，你批评我，我接受，我承认，关心你少了，但你也不能说分手啊！"

　　"你今晚喝酒了吧，说话醉醺醺的。"蒋怡感觉到了李阳的舌头有些捋不直，"你还是早点休息吧，记得自己泡点酸梅汤啥的，醒一醒酒。"

李阳听得出来，蒋怡还是关心自己的："好的，那你也早点睡，我看下个月抽空回去一趟。"

李阳挂了电话，觉得现在和蒋怡是不太有共鸣了，毕竟两个人从事的事业不一样，很多话题不在同一个频率，难怪感情有了裂痕。

"又在挑灯夜战吗？"李阳拨通了李雨涵的电话。

"你怎么知道的？"李雨涵很惊讶地说道。

"心有灵犀呗。哈哈哈！"李阳俏皮地答道。

"怎么，又去应酬了？还喝得不少。"李雨涵也听出来李阳喝得有点多。

"是呀，但今晚我是主动出击，把村里拓宽道路最难攻破的防线突破了，还是很有成绩的。"李阳有些自豪地说道。

"哦？那说来听听。"到底是和自己同一战壕的战友，聊起来有话题。

"村里拓宽道路最主要的关卡是村里会计家的围墙，他一直不肯退让，晚上我和他一顿喝，陪他喝得畅快了，他就松口了，事情有了眉目。"李阳介绍道。

"看来，这酒是好东西，再加上你酒量好，把他们拿捏得死死的，真棒！"李雨涵赞扬道。

"你也不要干得太晚了，要早点睡觉，身体是革命的本钱。"

李阳关心地说道。

"好的，我主要是看着你事情一件件地推动这么快，这不，我也不能落后嘛，要追赶你的脚步。"李雨涵话里对李阳的能力给予了赞誉。

"哪有，我也是凑巧，村里两委干部比较配合，做起工作来顺利一些而已。"李阳谦虚地说道。

"那你到宿舍了吗？多喝点开水、酸奶啥的，醒醒酒，不要马上睡觉。"李雨涵关心道。

"战友"的关心很是贴心，让李阳感觉暖暖的。

挂了电话，李阳看到冰箱里正好有蜂蜜，于是泡了一些蜂蜜水，喝着醒醒酒。喝完蜂蜜水，他走到走廊上，看着山村近处远处虽然是一片漆黑，但吹来的风还是甜的，风里带着山花的香味、带着泥土的芬芳，这样的味道在城里是闻不到的。李阳想着，自己驻村以来的一些想法正朝着构思蓝图一步步地推进，心里还是很欣慰的，这段时间虽然是累了一些，但付出终有回报，村里的面貌在逐渐改变。这正印证了培训时老师说的话，年轻一代大学生用自己的青春给新时代农村建设注入了新活力，年轻一代接过乡村振兴的重担，用特有的青春活力和创新的思维，延续着农村传统地域文化，为推动乡村振兴提供了新的动能。

第三十章

第二天，日上三竿了李阳还在昏昏沉沉地睡着。老支书干完一早上的农活后来到村部，见李阳还在睡觉，就猜到昨天晚上他喝了不少，但看着这段时间以来一直忙碌的小家伙，也不忍心叫醒他。

一般情况下，老支书喜欢走到这里来看看，然后再拐到茶园去看看。临近清明了，山上的茶叶也到了采摘的最佳时节，明前茶能卖个好价钱，山里的农户都会抓住这个难得的时机，千方百计地抓紧采收新茶，然后连夜炒制，第二天一大早就拿到离这里五里外的茶叶市场上去售卖。但茶叶市场的价格有局限性，被几个批发商控制着，散户很难卖上好的价格，这也是农户们长期以来的一块心病。本地茶叶属于高山茶，有机绿色产品，品质一直受到市场的青睐，只是外面的市场很难打开，农户们很难有好的销售渠道。这里产的是毛峰茶，明前茶一叶一芽，炒出来后整棵是晶莹的绿色，泡起来个个能够竖立在杯子里面，好看又好喝。

看着满山茶树发出的绿芽，老支书很是开心："看来这又是一个好年景。"

没过多久，老支书远远地看着一个身影很像李阳，等走近一看，果然是这小子。

"你怎么上这儿来了，酒醒了？"

"嗯，差不多了，我来呼吸一下这儿的满园茶香。"李阳觉得来到室外有种醉氧的感觉，这样的新鲜空气很令人身心放松，"真想带雨涵也来体验一下这醉氧的状态。"李阳自言自语道。这被老支书听见了："你要带上谁？"

"这下糟了，没想到这老头的耳朵这么灵，这样也能听到。"李阳心里想着。"我说带上嫣然一起。"他故意打岔道。

"嫣然从小就是这里长大的，小时候她还是村里同年龄采茶叶采得最快的人呢！"老支书说起自己的女儿，眼里总是带着光。

"一看就像你，手脚快、干事情利索。"李阳净挑好听的说。

"你小子也学会拍马屁了，你是不是看上我们家嫣然了？"

"啊！老支书，你这问题问得人家怎么回答呀？"两个人都觉得似乎有些搞笑，不免一块儿笑出声来。

说到嫣然，李阳想起来好些天没和她联系了，于是，他拿出手机给嫣然发去了一条信息，顺便发去了周边的茶园山色的照片。

"你又在前山那片茶园里了呀？看来心情不错嘛。"

"昨晚喝多了，这不，陪你爸出来走走。"

"你没把我爸灌醉吧？要是你连未来的……都敢灌醉，看我回来后怎么收拾你。"

"你此处省略号是什么意思？"李阳故意装作看不懂的样子问道。

"明知故问，找打。"嫣然发来了一个爆头的表情。

"吓死了，这女汉子要谋杀……了。"李阳也以同样的哑谜回复了嫣然。

"学得挺快的嘛，不愧为我未来的……"嫣然随即发来一个偷笑的表情。

"对了，我正好有事，打个电话给你吧！"李阳这一惊一乍的，搞得嫣然有些不知所措。

"打什么电话，直接语音聊呀！"嫣然说道。

"你那儿方便？"

"方便。"

于是，李阳打通了语音电话，说道："未来的咳咳咳……"李阳故意咳嗽了几声。

"你故意占我便宜的吧？"

"没有，没有，开个玩笑。说正事，马上茶叶就要上市了，你也知道，这儿的茶叶只能卖到本地的交易市场，价格老是被压低，我们年初一起讨论过这个事，你还记得吧？"

"当然记得，村里就是为了争夺茶园的承包权才使我妈摔倒住院的，这事怎么能忘记。"嫣然提起伤心事，心里就怄火，"还好，你果断地提出了要分包到户，让家家户户都有足量的茶园，有钱大家一起赚，我想你那时候走的是第一步吧，现在想着走第二步了？"嫣然俏皮地说道。

"你乃我肚子里的蛔虫是也！"李阳对于聪明的嫣然很是佩服，也对她能够清楚自己的设想而感到很开心，这就是默契。

"是呀，我第二步就是想成立茶叶合作社，以合作社的形式，把大家都联合起来，这样对外我们方便打品牌开拓市场，对内我们免去了无谓的内部竞争，最要紧的还是跳出了老是任人宰割的怪圈。"

"真的是深谋远虑呀，军师好计谋，在下愿意全力配合。"嫣然对李阳的构思和胆略感到很佩服，她觉得家乡的大变革就要到来了。

"估计今年只能先搞一个雏形，让一部分愿意加入合作社的先加入进来，慢慢地有成效了，其他农户自然就会主动参与了。"李阳说了目前的具体计划。

"对，但眼下要先运作起来，找一个牵头的人。"嫣然顺着李阳说道。

"是的，还有一个关键是要在今年打开销路，拓展外面的市场，要不然，到时候销路不畅我们就很尴尬了。"李阳也把自己的担心说了出来。

"销路的事我们一起多上上心，总会有办法的。"嫣然宽慰道。

"你们俩这是在聊啥呢？聊得这么起劲。"老支书从山脚一直转到了山顶又从山顶转回了山脚，看这两个小年轻还在打电话。不过，李阳和嫣然打电话老支书心里还是开心的，他对眼前的这个年轻人无论是人品还是能力都很肯定、很喜欢。

"没什么，只是问她在工作上的情况，也把我们最近干的一些事情和她通报一下，毕竟你女儿还是我们支部编外委员嘛，要让这个委员深入了解我们的工作进程。"李阳此时还不想让老支书知道建茶叶合作社的事。

"那好，让她知道一下心里也放心，省得老是打电话来问她妈，我老婆又搞不清楚，就是不来问我，和我有些疏远。"老支书为了女儿电话打给他老婆多、打给他自己少这件事，已经在多种场合抱怨了很多次了。

"这也没办法，我也是这样的，嘻嘻！"李阳明显替嫣然挡子弹。

"你们都没良心，不知道父亲才是家里的顶梁柱，是默默承受压力的坚石。"老支书这会儿连同李阳一道批评了。

第三十一章

"对了，忘记问你了，你昨晚陪连生喝酒，最后结果怎么样？他有让步吗？"老支书忽然想起来李阳昨天晚上喝酒的目的。

"手到擒来，昨晚我把他喝得差不多了，他后来和我称兄道弟，事情也答应了。"李阳喜滋滋地说道。

"你小子还真有两下子，这么多年我都没能从他那儿撬开嘴，还是你能。"老支书也赞扬道。

说到昨晚的事，李阳记得好像连生还有一件事情托付他办的，可一下子想不起来了。于是李阳借故离开，一个人沿着山路边走边想。

"噢，是他儿子要找工作的事。"李阳想到了后立马就开始联系金华轨道交通集团党群办的曾主任。

"曾主任，你好。"

"你好呀，李书记，听说你现在驻村干了很多漂亮的新项目。"曾主任一开口就表扬了李阳一下。

"哪有，那都是上下共同配合的结果，我只是一个抡大锤的。"

"这么谦虚呀，对了，你找我有什么事吗？"曾主任倒也直接。

"还真有一事需要你帮忙。事情是这样的，我们村里的一个会计的儿子明年从金华职业技术学院毕业，学的是轨道交通运输专业，今年想联系一家实习单位。"李阳开门见山地说道。

"实习可以，我们现在正缺人手，他的专业也正好和我们专业对口。这样，你让他儿子弄一个简单的个人简历，然后发给我，我联系下人力资源部，看看什么时候能安排上。对了，像这样的专业的人，毕业后也可以考虑报考我们公司呀！"

"这倒也是，那报考通过率高吗？"李阳问道。

"还好，不是太难，只要笔试过了，后续面试的时候，我们再商量呗。"曾主任的性格就是直接，交流起来顺畅，不耽误事。

"好的，那有劳你了。"

这件事沟通完，李阳心里好像一块石头落地了。于是，他赶紧来找连生，把他儿子实习以及后续找工作的大致安排说了一下。连生听后很开心，表示自己也会履行诺言，但眼下这马上就到了摘茶叶的时节了，他说道："接下来马上就要摘茶叶了，能不能等茶叶采完后再动手呢？"

"可以的，这没问题，采茶叶比较要紧。"李阳干脆地回答道。

说到采茶叶，李阳按照早上和嫣然商定的，想找一个人来牵头办这个茶叶合作社。思来想去，他觉得有一个人比较合适，那就是大专毕业后一直在村里、四十多岁还没结婚的存通，这家伙其实脑袋瓜还是挺灵的，村里很多人有疑难的事都会找他出主意。李阳想，存通到现在都没结婚，整个人精力也较为充沛，如果和他说清楚怎么干、这样干的好处是什么，估计他会同意的。

吃过中饭后，李阳来不及休息，就去找存通，刚好存通正闲坐在家玩手机。

"呦，这是什么风把李大书记给吹到我家里来了！"存通看到李阳主动找上门来感到很惊讶。

"是东风。"李阳故意卖着关子。

"东风那就是好事呀？"存通反问道。

"是好事，天大的好事。"李阳带着诱惑说道。

"既然是好事，我倒要好好听一听了，快进来坐。"存通把李阳让进屋，又去泡了一杯茶。

"是这样的，你也知道我们村里的茶叶每年都被几个批发商从价格上给牵制了，实际农户卖的价格并不高。"

"是的，但这也没办法，一直都是这样的，已经有几十年了。"存通说道。

"是呀，是很长年份了，但我们为什么没想到去改变呢？"李阳启发式地问道。

"改变？去和他们干仗吗？"存通摸不着头脑。

"干仗那是野蛮人的作为，我的意思是我们成立茶叶合作社，以合作社的名义来开拓市场，去创自己的品牌，打开市场的销路，这样就能越做越大。"李阳大致介绍道。

"这想法是不错，但怎么实施呢？谁出钱？谁管理？"存通一下子问了一连串的问题。

"这些问题问得好，我来一一解答。合作社启动资金的事村里可以通过信用社去借贷，借贷的费用前三年由村里来承担。至于谁管理，这就是我来找你的目的。"李阳看着存通说道。

"你意思是让我来牵头？"存通一脸疑惑。

"是的，从各方面来说，我觉得你比其他人更有优势，聪明能干，干事情比较公正，有这些品质就具备了当牵头人的条件。"李阳连捧带哄地说道。

"那这资金亏损到底算谁的，要是算我的我可吃不消。"存通对于钱的事情很敏感。

"算村里的，你相当于是一个代理人，不管盈利还是亏损，你都可以先拿工资，没什么风险。"李阳尽量打消存通的后顾之忧。

"这样啊，那我先考虑一下吧，考虑个两三天再答复你。"存通到底是"老奸巨猾"。

"好的，你先考虑，但时间不能长，因为今年的茶叶马上就要开采了。"李阳也给他施加了一些压力，"你要是这样的好事不想干，我可是要找其他人的。"

李阳回到村部，就同嫣然取得了联系。

"嫣然，后续如果我们成立了茶叶合作社，是不是要先看看销路怎么样，如果我们能打通一个较好的销路的话，就可以迎来开门红了，对后续工作也有很大的促进作用。"

"是的，我想想看，下午再联系。"

到了下午快四点，嫣然打来电话："李阳，有个好消息，我们铁路今年有些助力乡村振兴的项目，其中有几个是我负责的。我先做个方案，看看能不能把我们村的绿色有机茶纳入帮扶计划里面去，要是能的话这量还真不小呢。"嫣然很兴奋地说道。

"那太好了，你有得天独厚的优势嘛，那你先做方案，然后有好消息的话再告诉我。"

第三十二章

李阳听了嫣然的介绍，心里终于有些底气了，于是晚上他又继续挑灯夜战，做茶叶合作社的具体方案。这方案包括场地设置、资金组成、负责人人选、参与农户的摸底、利润分红、风险分摊等，这些他都要一点点地去设想，尽量把方案做得更细一些。

忙碌的时候时间总是过得很快，一下子又到了快十一点了。李阳看着方案也写得差不多了，正准备休息的时候，李雨涵发来信息："在干什么呢？又加班吗？"

"你怎么知道的，我刚好忙完。"李阳回复道。

"就你这脾气，心里有啥想的非要当天就干出成果，老实交代，你又在谋划什么大事了？"李雨涵很想了解一下李阳最近的动态。

"你还真别说，我刚刚做了一个方案，我自己觉得还不错，如果实施好了会给村里、村民带来不少的利益。"李阳开心地回复道。

"那还不赶紧发给我看看！"李雨涵有些迫不及待。

"好的，那我微信发你。"于是，李阳将刚才的方案发给了李雨涵。

李雨涵细致地看了一遍后，对李阳的这个设想很是赞赏："不错呀，李阳，这样的点子你能这么快就想出来了，这个要是能实施起来，那是颠覆村里几十年的历史了，这茶叶价格的主动权就掌握在咱自己的手里了。"李雨涵不由得替李阳感到高兴。

第二天，李阳将写好的茶叶合作社的方案拿给盛斌和老支书、连生等村两委讨论。

"这方案能行吗？要是搞不好我们就连现在的市场都进不去了，人家肯定是要阻挠我们的。"其中一个支委带着犹豫说道。

"就是呀，都乡里乡亲的，到时候怕引起不必要的矛盾。"

大家你一言我一语地讨论着是不是要办茶叶合作社的事。

讨论来讨论去，没能达成统一的意见，眼看着都快到中午了，李阳光解释工作就做得喉咙冒烟。

老支书看着这样下去最终还是没一个结果，于是就站起来说道："这个事，大家也不用讨论了，我看就按照李书记的方案，今年先试试看再说，有什么后果，我担着。"

老支书在村里还是很有威望的，他这么一说，其他人也就不吱声了。

接下来的几天，李阳带着盛斌和存通，物色了原来村小学闲置的场地，把里外都仔仔细细地打扫了一遍，又找来装修队，对场所进行了重新布置和粉刷。考虑到还处于刚刚起步阶段，万事都要节俭，办公家具这些就利用了原来村里多出来的部分座椅。这样一来，一个初级阶段的茶叶合作社场地就有了。

有了场地，那接下来就是去找愿意参加合作社的农户，这时候就需要老支书出马了，李阳和盛斌在后面跟着。老支书也不是谁都去找，而是先去找那些和自己关系比较近的，平时听得进话的人。一圈转下来，通过讲明白利弊，有二十来家愿意参与到合作社中来。剩下的那些，老支书说，也不用一家家地去找，在村部公示栏里面写一个招募启事就行了，谁愿意参加的，咱不阻拦，不愿意参加的，我们也不强求。李阳和盛斌点头表示赞同。

"二月山家谷雨天，半坡芳茗露华鲜。春醒酒病兼消渴，惜取新芽旋摘煎。"终于到了开始采茶的日子。这一天一大早，天才蒙蒙亮，采茶的村姑就戴上斗笠、系上竹筐准备出发了。这一路上桃花、梨花、迎春花颜色各异、色彩迷人，好一幅春天的美景。采茶时听着潺潺的流水声和喳喳的鸟鸣声，看着花红叶绿、白雾缭绕的山景，仿佛置身仙境，让人产生一种超凡脱俗的感觉。

大家到了茶园就开始寻找最嫩的那片芽儿，一个个丝毫不敢懈怠。茶叶树像草丛一样，挨挨挤挤的，微风吹来，叶子翩翩起舞。从远处看，成片的茶叶树像无边无际的绿色海洋，近看，一棵棵茶叶树整齐地排着，等待着一双双巧手前来梳理。

李阳一大早也睡不着，想体验一下采茶的感觉，于是就朝着茶园走去。他看着满山茶园从沉睡中醒来，茶叶跟随风的气息摇曳身姿沙沙作响的节奏，仿佛一首跨越千年无字的歌谣，似乎遥远，却又十分亲近。

"你们看，小李书记也来采茶叶了。"几个村姑发现了李阳，叫道。其实在茶乡，男的采茶叶是很正常的，这里采茶叶不分男女，只是现在茶叶还不是很多，天气也不是很热，所以用不着大家都上阵。

"小李书记，要不要给你一个竹筐？"村妇女主任说道。

"他哪用得了竹筐呀，能把这双拿笔的手装满就不错喽。"另一个妇女调侃道。

上山采茶的过程也是大家很难得有的长时间相处的机会，于是，总免不了东家长西家短地说一些不着边际的话，这样也是为了解闷儿，让时间能过得快一些，而年轻的李书记这会儿就成了大家解闷儿的主要对象。

"我就来呼吸一下新鲜空气。"李阳没见过一大群妇女在一起叽叽喳喳的场面，心里有些发忧。

"这哪行，既然到茶山上来了，那必须干活呀！"一个少妇朝着李阳说道。

"是呀，话说当书记的都要带头干的，这样我们采得才起劲儿。"另一个附和道。

"就是呀，我们这儿的男人采茶都很厉害的，从小就会。"其他几个也来凑热闹。

"哟，小李书记，你真是的！她们让你采就采呀，要是她们让你干别的，你干不干呢？"妇女主任调侃道。

"你们这叽叽喳喳的，比山上的麻雀还吵，既然说不过你们，那我打道回府总行了吧！"看这场面，感觉自己留下来会更加"糟糕"，于是，李阳借故说肚子饿了，就急匆匆地往村里赶。这一大早的，李阳原本还想着呼吸一下新鲜的空气，然后再体验一下采茶叶的过程，这下好了，遇上这么一大群妇女，自己一个书生根本不够她们消遣的，看来那茶园是个挺"危险"的地方，还是少去为妙。

李阳给嫣然打了一个电话，说了今天早上的遭遇，嫣然笑说这是很正常的，更厉害的你还没看到呢。"啊？还有更厉害的吗？"嫣然这么一说，更加让李阳感到了丝丝"后怕"。

"对了，李阳，我做的那个铁路助力乡村振兴采购茶叶的方案领导批了，具体采购方案这两天会实施，我们到时候走一个竞标流程，放心，中标的概率还是很大的。如果这次能中标，第一批有差不多一千斤的采购量，这批茶叶质量要高一点，要的是明前茶，后面第二批采购的是劳保茶，全局的量就更大了，太大我们吃不消，我们就竞标一部分好了，一部分也够我们忙了。"

　　李阳听了，感到很高兴，这样一来，合作社一开张就有这么大的订单，这真可谓开门红啊。

第三十三章

　　大家陆陆续续地把当天采来的鲜茶叶都炒制成了茶叶，这段时间村民们是很辛苦的，基本上是白天采茶、晚上制茶，第二天一早就拿到茶叶市场上去售卖。而加入茶叶合作社的这些村民则和往年不一样了，他们晚上制完茶叶后，都一袋袋地包装好，不售卖，而是先放在家里储存起来。而那些依旧拿到市场上售卖的农户，每天都拿回来现钱，嘲笑那些加入合作社的，说他们傻，这茶叶放着一天一个价，早卖价格好，迟一天就掉价。说得多了，那些农户的心里也有了顾虑，想着会不会到时候真的掉价，价格卖不上，不是亏大了嘛。

　　于是有些按捺不住的村民来找李阳："李书记，这茶叶先放着靠谱吗？茶叶这东西可是越早的越值钱，放着是一天一个价，会亏的。"

　　"没事的，我们到时候是按照协议价一起成交，会比他们现在的卖价还贵呢。"

"你不会忽悠我们吧？"有些有顾虑的妇女问道。

"没事，如果你们不相信的话，到时候亏掉的部分我自己来贴给你们，如何？"李阳拍着胸脯说道。

"这倒也不需要，我们只是有些担心。"有了李阳的话，他们也放心了不少。

嫣然那边竞标流程走完了，和村里的茶叶合作社签订了第一批一千斤的采购协议，协议价是每斤330元。

消息一放出来，可把加入合作社的农户乐坏了，这样的价格确实比现在市场上的售卖价格还要高一点点，关键是用不了几天，这市场上收购的价格就要掉了，卖不到300元一斤了，而且会一天比一天便宜。而那些还没有加入合作社的农户一听到这个消息，心里后悔了，有些心急的开始来合作社询问还要不要入伙的。这事怎么操作，存通心里可没底，还是要问李阳的。李阳说："可以呀，我们这一千斤的订购量光靠目前的二十来户人家是不够的，合同也有时间期限，我们要在期限内提交货物。"

于是有更多的农户加入了合作社。消息很快在周边的村庄传开了，大家对这样的方式感到很是惊奇，也有人有心试试水，找过来想加入合作社。李阳考虑到，现在如果吸纳外村的茶农，还真的会引起目前那些收购茶叶的经销商的不满，对自己也不利，于是，还是委婉地拒绝了外村茶农的加入。

眼看着时机成熟了，李阳向盛斌和老支书建议，茶叶合作社可以正式挂牌成立了。

于是，他们挑了一个黄道吉日，在大家的见证下，岩头村茶叶合作社的牌子正式挂上了。存通对于这一切感到仿佛做梦一样，不敢相信这样的好事会轮到自己的头上，于是他整天围着李阳转，只要李阳吩咐的事，他就当作"圣旨"，一点不含糊地给做好。他日常打理合作社的事务也是井井有条，每天都会到农户家里去查验茶叶的质量，按照均摊督促参与合作社的农户保质保量地完成任务。

没过多久，李阳就通知嫣然，说一千斤茶叶已经准备好了，随时可以发到上海去。

嫣然很惊讶："你怎么动作这么快，要是我没记错的话，采一千斤干茶起码要三千到四千斤鲜叶，就这么短的时间，你们居然办到了？"

"这就是合作社的魔力，合作社有人多、资源集中的优势，再加上有协议价，价格不会变动，所以大家采茶的积极性也很高，而且我还有一个法宝，是你想不到的。"李阳卖关子说道。

"什么法宝？说来听听。"嫣然迫不及待地想听个究竟。

"我在合作社内购置了五台炒制茶叶的机器，然后雇了村里五个炒茶技能较高的师傅，这样大家只负责采茶，制茶的过程完全可以交给这五个师傅来完成。这样采茶的妇女就减轻了负担，晚上不用熬夜了，白天采茶的精力也就更加旺盛了。"李阳的这一举措解放了采茶人的劳动力。

"你这一招还真的是高明，合作社还真的是发挥了极大的作用，把村里茶叶资源很好地整合在了一起，发挥出了人多力量大的优势，为你点赞！那，我这边问下，邮寄的时间后面再告诉你。"嫣然感到很欣慰。

茶叶合作社的一举成功为李阳在村里瞬间提高了威望，大家都觉得这个驻村书记还真不简单，太有思路了。由此，大多数人对李阳都很敬重，李阳说话也越来越有分量了。

"小李呀，你这个茶叶合作社的事做得的确有水平，打破了村里几十年来的老旧的思维和格局，真了不起。来！我敬你一杯。"李阳、盛斌两个人晚上又来到了老支书家里蹭饭。

"哪有，老支书，这合作社的事还有嫣然一份很大的功劳呢，茶叶是她打开销路的，我们要感谢她。"李阳在老支书这儿当面夸他的闺女，也让盛斌知道，嫣然虽然在外面，但充分利用自己的能力和资源在为村里谋求利益。

"是呀，有你们两个在，我们村里很多难题都解决了。"盛斌接过李阳的话题，有些恭维地说道，"村里的事还真的要感谢你们，要不然很多问题都很难解决的。"

"一家人不说两家话，来，喝酒喝酒，你们吃菜吃菜。"老支书招呼着他们两个道。

三个人你一杯我一碗，不知不觉酒又下去了不少，很快都有了些醉意。

"老支书，酒量还真的是你好，你喝了这两三杯像是没喝过一样。"李阳看着老支书面不改色心不跳的样子说道。

"你还真别说，我像你这个年纪的时候，一斤白酒还真的不在话下，现在老了，要悠着点了。"老支书说道。

"净吹牛，一年到头几次喝醉都不知道。"嫣然的母亲刚好走过来，听到老支书的话，反驳道。

"你知道个屁，我们男人的事，你少参与。"老支书大男子主义的毛病又犯了。

第三十四章

第一拨明前茶都被嫣然所在的铁路局收购走了，接下来村民们开始准备后续要采购的劳保茶了。这劳保茶价格虽然低一些，协议价 89 元一斤，但也比市场上的价格高多了。

随着合作社的成功，岩头村的名气也越来越响。这一天中午，盛斌接到了乡党委办公室刘主任的电话："盛书记，你们那儿的茶叶合作社试点搞得不错，很有特色嘛。市里领导组织相关部门和相关乡镇的领导到你们那儿去调研取经，时间是后天下午两点左右，你们规划一个调研的路线，然后找一个讲解的，介绍一下具体情况，后面再召开一个座谈会，会场你们安排。今天下午我会派两三个人先去踩点，帮着你们布置一下，你认为如何？"

"好的，好的，我们一定认真对待，保证圆满完成这次接待任务。"盛斌立下了军令状。

"对了，还有，村容村貌你们也要稍微整一整，看着整洁一些。"刘主任补充道。

接到电话后，盛斌立马把该情况通报给了李阳和老支书，于是他们把村两委的人员召集起来，大家进行了分工。李阳负责设定调研行走线路及讲解词，到时候负责讲解，盛斌和老支书负责会议室及就餐等安排，其他几个负责村里卫生的网格化包保。

到了第三天下午，市委副书记和分管农业农村的副市长带领林业局、农业局、文化局、旅游局及四五个乡镇的主要领导一行二十来个人浩浩荡荡地来到了岩头村，这也是该村建村以来，第一次有这么多领导来村里调研，让村民们很是惊喜。还好村里事先都有了准备，让村民采茶的采茶、制茶的制茶，井然有序。

李阳按照设定好的线路，从村口村部大楼处接上领导后，先沿着马路走到对面的茶园，让他们观摩采茶的过程，如果有领导想现场体验的，李阳也事先准备好了很多小背篓，方便使用。李阳把他们一行人带到茶园后，大家看着青山绿水间的茶园很是赏心悦目，呼吸着新鲜的空气，听着悦耳的鸟鸣，心中的疲倦瞬间就消除了。

"这样的环境还真不错，这青山绿水的，真的是践行了'绿水青山就是金山银山'的发展理念。"市委副书记感叹道。

"是呀，环境优、茶叶优、模式优、销路优，小李在这里探索出来的这套模式还真不赖。"副市长看着眼前的情景，也由衷地赞扬这个小伙子。

从茶园回来后，李阳不走回头路，把他们带到了梯田那边，看着层层叠叠盛开的油菜花，一行人更是感到赏心悦目了。

"李书记、王市长及各位领导，我来介绍一下，原先这边由于村里外出务工的人越来越多，很多地都荒废了，长满了杂木，碎石到处都是。去年，村里通过集体研究，制订了土地整合的方案，在市委和乡党委及各部门的大力支持下，我们把原来的荒地都整合了一下，今年种上了油菜花，于是就有了眼前这样的景象。"李阳介绍道。

"嗯，不错，不错。"随行的人员纷纷赞扬道。

"这油菜花既好看，又可以打油，可谓一举多得。"一位农业局的领导赞誉道。

"对了，小李，我问下，目前来这儿的游客多不多？"王市长关心地问道。

"还挺多的，每天都有附近的和城里的游客来游玩拍照，正好现在茶园也有个游客体验采茶的项目，我们准备把旅游的资源整合起来，后续想在村里先开几家民宿，把旅游资源利用好，发挥更大的效益。"李阳回答道。

"那这油菜花收割了以后，后续种些什么呢？"市委李副书记问道。

"我们打算种一些类似薰衣草这样的观赏性的花草，可以继续吸引旅游的人前来游玩。"李阳回答道。

"你们的主意还是不错的，我看你们乡周边的村也可以学习借鉴的嘛，村连村形成一个整体，这旅游项目也更好推进，村民的收入也可以提高，你们回去要研究落实一下。"市委李书记向乡党委书记要求道。

"好的，李书记，我们后续在充分学习借鉴岩头村经验做法的基础上，以岩头村为轴心，把推进美丽乡村建设向周边村延伸，我们回去马上就拿方案。"乡党委金书记及时做出了反应。

大家参观完了油菜花梯田后，沿着公路往茶叶合作社方向走去，一路上，李阳介绍道："后续，我们想依照周边山体的走势修建一些沿山体的步道，这样可以拓展我们的旅游资源，让游客有更好的旅游体验。

"各位领导，这里就是我们今年刚刚成立的茶叶合作社。

"我们茶叶合作社的模式主要是农户加盟的模式，目前是每家按照合作社的标准将采摘的茶叶交到这里炒制，改变了以往各自干各事的模式。我们挑选了村里炒茶水平最好的五位师傅，就是这五位，来集中炒制茶叶，这样也能更好地保障我们产品的质量。

"大家现在看到的是我们炒制的明前茶的成品，大家可以闻一闻，是不是有一股清香？"李阳把大家带到了成品展示及客户体验区。

"各位领导，大家请走这边，这边是我们的客户品尝体验区，这里泡好了今天上午刚刚炒制好的新鲜茶叶，大家可以品尝一下，顺便休息一下。"

于是，大家围绕桌子纷纷坐下来，开始品起茶来。前面60
寸的电视机播放着采茶、制茶和茶文化的宣传片，大家一边喝着
新鲜的茶一边看，别有一番意境。

"各位领导，我们这边还有一处客户体验区，有兴趣的领导
可以感受一下炒茶的过程，旁边有专门的师傅负责指导。"李阳
看着大家的茶喝得差不多了，带着大家朝炒茶客户体验区走去。

果然，有几个人跃跃欲试，体验了一把炒茶的过程，感觉还
是挺有意思的，而且自己炒的茶叶还可以自己带走，客户的体验
感更好了。

第三十五章

　　一行人沿着茶园、梯田、村庄、合作社参观了一圈，从表情上就能看出，他们对岩头村发生的变化还是很满意的。他们也确实感觉到了，村两委在推进乡村振兴工作上的创新精神和干事创业的激情和勇气。

　　大家来到了会议室，纷纷坐好后，市委李书记首先开始讲话："同志们，大家在这个岩头村转了一圈，想必心里都很惊讶吧。短短一年不到的时间，村里的面貌得到了显著的改变，颠覆了很多老旧观念，一些新思维、新做法在积极尝试的情况下，都顺利地成了推动村集体经济壮大、村民收入提高的最好途径。我觉得呀，岩头村的很多经验做法，很值得我们学习和借鉴，今天与会的各位，要把这里的经验学回去、用起来，带动更多的村镇快速地走上乡村振兴发展的良性轨道。

　　"王市长，你看看，也说两句？"李书记说完后，示意王市长也谈谈自己的想法。

"好的，刚刚李书记大纲要领式地总结了岩头村的经验成果，对后续如何学习借鉴也提出了要求，大家回去后一定要抓好落实。下面我也来谈谈我的一些想法。岩头村的经验做法，我们可以从四个方面来总结和把握：一是思想较为统一，积极奋发作为。岩头村只用了差不多一年的时间就取得了这样的成就，说明村两委干部充分认识到了原先村里存在的严峻形势，从思想上提高了对乡村振兴战略实绩考核的重视和认知，及时转变了思想观念，把'要我做'变成'我要做'，切切实实'撸起袖子加油干'，履行好国家和人民赋予的权利，以乡村振兴战略为抓手，推动经济社会发展，让广大人民过上更好的日子。二是村领导率先垂范，下沉一线推动工作落实。从该村一件件事情快速得到落实可以看出，村两委干部都把自己摆在前线、沉下基层，发挥了带头标兵和党员先锋模范作用，一级带着一级干，一级干给一级看，广泛带动村两委干部、村主任、保洁员参与农村人居环境整治，都肩负起了为村谋发展、谋未来的使命和责任，自觉带头并带领群众参与农村人居环境整治。以乡村振兴战略实施为契机，加快推进村庄美化绿化建设，努力实现干净整洁、生态宜居的格局。三是细化分工、责任到人，层层传导压力。可以看出，村两委的分工是细致的，抓工作落实是实在的。同时也吃透了各项考核任务指标、内容、精神，对标对表抓好乡村振兴战略实绩考核任务落实落地；以背水一战的紧迫感和危机感，通过分组分片、层层督导、层层推进，传导压力、压实责任，确保责任到人，推动各项任务落实见效。四是强化宣传引导，提升群众知晓率和满意度。从成绩中可见，村两委对文化宣传工作也很是重视，对推进乡村振兴工作进行了广泛宣传，讲好先进模范村民故事，发挥新乡贤力量，让广大村民亲身体验、由心而发感受到乡村振兴战略带来的美好环境和发展机遇，引导广大村民支持和理解乡村振兴战略，努力营造人人知晓、人人参与、人人满意的乡村振兴战略实施氛围。"

"这些宝贵的经验和做法，乡里面要好好地总结，形成一个调研报告，以便更好地推广应用。"李书记补充道。

接下来，相关局和乡镇的领导也结合调研谈了各自的体会。

送走调研组后，李阳感到有些疲惫，但想想整个过程下来都挺顺利的，领导们也对村里的工作给予了充分的肯定，心里还是很欣慰的。

调研组走了没几天，电视台的记者、报刊的记者一拨又一拨地来村里采访。为了应对这些记者，李阳耗费了很多的精力。

"现在村里的新闻遍地开花呀！"嫣然发来信息，对目前村里的发展前景很是赞誉。

"是呀，现在记者来了一拨又一拨，应接不暇，牵扯了我很多时间和精力。"李阳无奈地说道。

"这是好事呀！"嫣然说道。

"是的，媒介宣传会让我们村的美誉度越来越高。"李阳说道。

为了抓紧推进民宿的建设，李阳看着山上的茶叶采得也差不多了，就和老支书商量着，准备先把春花娘家改造一下，试点开民宿。

他们再次来到春花娘家，和春花娘对接了一下，看看有哪些需要改造的项目，并表示改造的资金可以由村里支付，春花娘表示同意。

于是，李阳联系了施工队，开始对春花娘家进行改造。

这边，李阳帮着连生的儿子落实了实习乃至后续工作的事情后，连生也开始了自家院墙的拆除，按照拓宽道路的要求，把围墙往里面移了不少。连生一有动作，后续涉及的村里其他几户人员的老旧房子拆除，以及违建房舍的拆除就变得轻松多了。这个项目快速地得到了推进，施工队进场后，开始了道路的拓宽修建。

同时，根据李阳的想法，村里又对一些老旧的房子进行了"修旧如旧"式的修缮，以保持原有的风貌；对村里一些卫生死角进行了系统的清理，对排污管道、露天排水口等一些脏乱差的地方进行了整体改造。这样一来，村里的基建项目到处开花，虽然这段时间给村民的出行带来了不便，但为了整体提升村容村貌，大家还是很情愿配合的。

梯田的油菜花结出了饱满的果实，看着丰收的场景，李阳心中很是喜悦。到了收割油菜的时节，李阳对怎么分配这些油菜籽犯了难。

"老支书，你说梯田里面的这些油菜到时候怎么分配呢，每家每户分一点的话，就这么多油菜，榨出来的油每户也分不了多少。"李阳为难地来问老支书。

"这倒也是，当初这个问题没细想过，让我们一起再想想。"一时间老支书也没有更好的办法。

"要不这样，按照村里老幼排序，优先考虑年长的，比如六十岁到七十岁的分十斤，七十岁以上的分二十斤，剩下的就放到村办的老年人伙食团去，你觉得怎么样？"李阳试探性地问老支书。

"这样也行，这个方案执行起来简单，大家也不会有很大意见。"

于是，今年丰收的油菜就按照李阳的意见分配下去了。

第三十六章

　　村里部分人家建了新房子，但还是有很大一部分人家出于各种原因住着原来的泥土墙的房子，或者木结构的老房子。因此，这些人家如厕还是沿用原来的粪桶或是旱厕。村里的旱厕建在村头，一到夏天，臭气熏天，苍蝇满天飞。李阳刚来到村里时就对这个所谓的公共厕所很不"感冒"，但那时候他刚来，很多工作刚刚起步，没精力来管改造厕所这样的工程。

　　现在很多事情都有了眉目，干出的成绩乡里、市里相关领导也给予了充分肯定，改造厕所及整修村里的大会堂和池塘这样的项目具有了推进的基础。于是，李阳利用到乡里开会时乡党委金书记找他谈话的机会，打算把这几件事也说说，争取上级的支持，主要是资金的支持。

　　"小李呀，来来来，坐。"乡党委金书记很热情地把李阳让进自己的办公室。

　　"好的，金书记。金书记，我自己来，自己来，哪有书记给我泡茶的,呵呵。"李阳看到金书记已经拿出杯子准备给自己泡茶,赶紧起身主动接过金书记手里的水杯,去给自己泡茶。

"没事的,现在你是客,我是主嘛。到了你那里,你就是主了,到时候你给我泡茶。"金书记幽默地说道。

"小李呀,这一年左右时间以来,你在岩头村驻村工作推进得不错,市里、乡里对你的工作很是认同,后面继续好好干,有什么需要和困难你尽管说,乡里能解决的尽快解决,一时解决不了的,我们积极向上争取,给你们提供必要的支持。"金书记一方面肯定了李阳的工作,另一方面面对困难,承诺得倒也挺爽快。

"感谢领导的肯定,眼下还真有几个方面的事需要乡里给予帮助。"李阳借坡下驴,顺着金书记的话说道。

"哦?是什么事呢?说来听听。"金书记此刻对李阳正处于高度关心的状态中,对李阳来说也是最好的时机。

"是这样的,村里的公厕目前还是二十世纪五六十年代的旱厕,卫生状况很差。另外,村门口池塘四周的塘堤也是年久失修,有些地方已经出现了塌土的现象,要是雨季来临有溃堤的风险。还有村里的大礼堂也很多年没有修缮了,那么好的建筑如果不加以修缮,太可惜了。而且,目前推进乡村文化繁荣,这个礼堂还大有用处,其他村还不具备这样的先天条件呢。书记你看,这几个短平快的项目能不能尽快启动,早一天完成,就为村里推进整体村容村貌提供了硬件上的支撑,也能更好地推进乡村旅游的发展。"李阳把想讲的一股脑向金书记做了汇报,金书记也听得认真。

"你刚才说的这三件改造项目,都是村里急需的,也是符合当前新农村建设实际需求的。这样,正好这段时间乡里相关部门在梳理上报今年上半年的更改计划,回头我和土管所、改造办打个招呼,让他们把你们村这三个项目加上去,你看怎么样?"金书记说道。

"那太好了,金书记,这样我们村最为头疼的问题就都解决了,真的感谢领导。"李阳再三表达了感谢。

"小李呀,你上次提的旱厕改造的事情,市里面也很重视,市里相关部门除了批准建造一个村里面的公共厕所,同时还拨了一批蹲坑式的蹲便器,你们村有需要的都趁这次机会改造掉。这项改造工程,先在你们村试点推广,你们要好好制订方案,确保能够在做通群众思想的基础上,争取家家户户都用上抽水马桶,你看有问题吗?"乡办公室冯主任打来电话,又通报了一件大喜事。

"那太好了!冯主任,感谢市委、乡党委对我们农村工作的支持,我们一定竭尽全力把这个试点工作高质量完成好,形成可推广的经验。"李阳兴奋地回答道。

听说要进行旱厕改造,一时间村里炸开了锅,这个举措又一次吸引了人们的注意。

"和城里一样，在屋里上厕所吗，那我可拉不出来。"有人第一时间反对。

"肯定不会，咱们也没那个条件，屋里连抽水的管都没有，往哪儿冲去？"有人分析道。

老年人更是比较排斥的，毕竟大白天在屋里面上厕所感觉很别扭，习惯暂时改不了。年轻人倒乐意看看究竟怎么弄，改革总比不改好。

还没弄明白怎么回事，村里大喇叭开始通知各家去村委会领东西了，免费的。

不一会儿，村委会前的小广场上站满了人。

"我还以为是什么高级的呢，原来是领这个便池呀。"有人高声道。

"这还不行，又不让你掏钱，政府白给你的，咋啦，还有意见？"老支书愤愤不平。

"领这个让干啥呀，咋装呢，是不是还得用水冲？水从哪儿来，往哪儿冲啊？""木疙瘩"若有所思道。

李阳见村里的人来了不少，开始了讲话："各位老少爷们，大家领回去这个抽水便池，回家合计一下装在哪儿。下一步，乡里统一安排把各家马桶的水接到村里铺设好的污水管网里面，到时候各家的污水口和村上的主管网连在一起，把污水都排出来，排到村头的大坑里，到时候还要在那儿建个污水处理站，这样我们村的脏水就有地方去了。这是个大工程,需要各家各户的配合,而且这次是市里、乡里拨钱给大家免费配置的,这是天上掉下来的馅饼,是大好事,是咱村生活质量更上一个台阶的重要开端,希望大家配合,共同建设我们的美好家园。"

大家一听,终于弄明白了。

"回去后,各家把各家领的便池装上,到时候还要检查,如果谁弄坏了,自己另买。谁要是拖后腿,完不成任务目标,以后市里、乡里的奖补资金可轮不到咱,多少个村都在争着抢着要呢,影响到咱村的长远发展,可别怪全村人不答应。"

"这个东西装是好装,一个上午的活,农村人谁还不会干这个,就是家里地下还得走自来水管,这个比较麻烦。"有些村民有顾虑地说道。

"我们家一直都用这个,平常挺好用的,就是冲水麻烦,你不知道,咱这儿时不时停电,一停电就停水,咋用啊。"

"是呀,这次又是乡里下任务,不装行不行,万一停水停电了,岂不是臭死了?"

"停电停水的话,我们可以到村后面那口古井中去挑水来冲便池。"还是春花娘的脑子好用。

第三十七章

这样一来，村里建设场面可就更热闹了，有绕村道路拓宽、民宿项目的改造、村里公共厕所的建造、还没用上抽水马桶人家的旱厕改造、村口池塘塘堤的改造，还有大礼堂的修缮工程，一下子村里到处可见工程机械冒着黑烟，进进出出的施工人员忙个不停。李阳、盛斌、老支书等几个骨干也每天在各个工地上转悠，看着施工进度，把关施工的质量。

"我们村建村几百年了，还没有过这样大规模的土建工程，这时代好呀，总是想着咱老百姓，不断地美化我们的居住环境。"村里已经退休的老教师文金说道。

"等这些项目都完成后，我们的村容村貌就要大变样了。""木疙瘩"在一旁也插着话，"就是我那可怜的儿子，这种好日子没福气享受。"他还在为刚刚死去没多久的二儿子感到惋惜。

"爸，爸，你在这儿呢，我到处找你。""木疙瘩"当兵的三儿子请了探亲假回来看望父母。"木疙瘩"看到小儿子突然回来了，感到既意外又兴奋，说道："存兴，你怎么回来了呀，回来也不先打个电话来。"

"这回家还打什么电话，想回来就回来了呗！"这最小的儿子的个性依旧很倔强，但就这不服输的性格，使他在部队里面已经两次荣立二等功了。一次是在大冬天回部队的途中，他看见一个小女孩掉到了河里，奋不顾身地去搭救了上来，为此自己的手机、钱包啥的都报废了。另一次是在部队战斗实训中，他不顾个人安危，排除险情，保障了自己所在连队的安全，高质量完成了战斗任务。

对这个儿子，"木疙瘩"感到很自豪。从村头回家里的路上，和小儿子走在一起，明显可以看出来他的头抬高了不少，看见人也主动打招呼了，忙着介绍："我儿子从部队回来了。"

"木疙瘩"的小儿子不认识李阳。他一回村里，看到村里到处在施工，还以为是市里、乡里硬派的改造任务。他心里想着，这上面压下来的任务不完成没办法，因为这么多年来，他对村里这些干部还是保留着老的观念和印象。

"爸，村里怎么到处都是施工的场面，上面拨了很多钱下来吗？也不至于这样用吧？"存兴带着疑惑问道。

"哪里呀，上面才不会一下子给这么多的改造资金。我们村从去年开始来了一个年轻的驻村第一书记，自从他来了后，村里可热闹了，干成了很多事情。就上个礼拜，市里、乡里来了一大帮人转悠，还开会，后来就陆陆续续地来了很多电视台的、报纸的记者，一下子找这个、一下子拍那个，搞得大多数人像'大姑娘上轿，头一回'，被采访、被拍到电视里面去。""木疙瘩"介绍道。

"哦？还有这样的事，看来这一年还真的发生了很多事情，难怪坐车的路上大家也有在议论我们村。"存兴心里嘀咕着。

"如此说来，我还真要见见这位年轻的驻村书记，看看到底长啥样，这么能耐。"存兴想着就朝着村部走去。

"盛书记好。"存兴看见老支书还是尊敬地叫了一声盛书记，因为他当初当兵就是老支书帮着给送出去的。当时乡里名额已经报满，另外有一个有关系的人也想把自己儿子送去当兵，就想挤掉存兴，因此编造了他身体上指标不过关，第二次复核的时候把存兴给刷下来了。得到消息后，老支书一边告知了"木疙瘩"情况，一边赶到人武部，用自己的人格担保存兴身体上没啥毛病，要求复查。在老支书一再坚持下，人武部也没办法，因为具体办事的人心里是明白的，由此也有点心虚。后来复查出来的结果都是好的，这样才保住了存兴当兵的名额。这件事，存兴打心眼儿里感激老支书，为此，他特意从当兵的青岛带来了一点海参和其他海产品，说什么也要给老支书一家补一补。老支书在推辞不掉的情况下，也只有先收下了。

在向老支书汇报了自己在部队的情况后，存兴问起了村里

"大兴土木"的事。老支书从头到尾把村里的发展情况介绍了一遍，大加赞扬了李阳的能力和魄力。

"那这个李书记现在在哪儿呢？我倒是想见一见这个年轻的'父母官'。"存兴问道。

"他这个时候在对面大礼堂的施工工地上呢，要不我陪你过去看看？"老支书说道。

"那太好了。"

两个人来到了大礼堂的修缮施工现场，只见一个中等身材、略胖的身影在工地上来回忙碌着。

"小李，小李，过来一下。"老支书叫道。工地的噪声太大，叫到第二声李阳才听见。

"老支书，我马上过来。"

等走近了，李阳说道："我不是和你说了嘛，这工地是室内的，粉尘污染严重，你没事尽量不要往这边跑，以免你的气管炎严重起来。"李阳关心地说道。

"这不，我们村上'木疙瘩'当兵的那个儿子回来了，他说想见见你，我才把人给你领过来的。"老支书明白，这是李阳关心他身体才说的。

"就是这位吧，你好，存兴。"说着李阳主动伸出手，礼貌性地和存兴握了个手。

"你知道我的名字啊，你就是李书记，真年轻，这能力也好，人也帅，真是很干练。"存兴连连夸赞道。

"哪有，这还不是像老支书这样的村里元老和像你爸这样的广大村民支持的结果。"李阳谦虚地说道。

两个人一见面好像就没有生疏感。在听了李阳对村里整体发展的构想后，存兴对李阳的思路很是赞赏。当他听到村里已经建立了茶叶合作社，大家卖茶叶的收入都提高了一倍多的时候感到很欣慰，因为这也是他自己经历过的伤心事，每次明明有好卖相的茶叶，硬是被几个批发商当面"宰一刀"，又没办法。"如今好了，发言权和主动权全在自己手里了，硬气。"存兴说道。

"对了，对于茶叶的销路问题，我回去还可以问下团部，因为这段时间我刚好在团部锻炼，后勤部也有几个熟悉的战友，看看部队能不能从我们这儿采购一些茶叶。在部队的时候我也想过茶叶的销路问题，但原先的样子你也知道，村里都是以单个的家庭为单位，各自卖各自的，质量也不一样，万一真的有订单，估计也很难组织收购。现在好了，都归了合作社来统一标准和销售，这样既有质量上的保证，又有数量上的保障。"存兴表达了自己多年来对茶叶销路的担忧，表示也愿意为村里茶叶合作社的发展贡献自己的力量。

"对了，晚上到我家一起吃饭吧，叫上老支书、盛斌等，我们边喝边聊怎么样？"存兴邀约道。

"好呀，我们也借花献佛，为你接风洗尘。"

第三十八章

在喝酒的时候，大家聊起村里后续的发展，存兴说道："常言道：无农不稳，无工不富。农村的田地只能保障温饱，更何况我们村本来就是田少、地多，而山地现在也很难再栽种什么了。总的来说，我们靠茶叶、靠梯田吸引一些旅游项目，要壮大村集体经济、实现共同富裕还是不够的。建设新农村，离不开兴办实体，没有工业企业或者服务业的发展，新农村依然落后，依然不出新。"存兴这几年在外面当兵也见识了一些世面，他迫切地希望为村里注入一些商贾之气，增添新的血液，在当兵之前他就有此念。

"常言道，要想富，先修路，基础设施得先行。现在我们在这一步上已经跨越出去了，接下来是要往纵深去发展了。"李阳听了存兴的话，觉得很有道理，这和他们设想的下一步工作重心也比较吻合。

"还好，经过一段时间的整治，村容村貌肯定比以前会有很大改善，再也不是泥泞之路、垃圾飞舞的农村老家了。"存兴说道。

"为了彰显门楣，我觉得我们应该在村口位置请人建一个仿古式大门，上书'岩头村'三个大字，显得端庄古朴，最好再写上一副对联，'中华遍地春，庭院生辉奔小康；盛世普天乐，山川毓秀呈新景'，横批'桑梓共富'，四个大字要搞得特别显眼，看起来要很有气势。"盛斌也补充道。

"对的，这也是村文化品牌建设的需要，回头我们想想方案，可以趁这次机会，一起做了。"老支书很赞同大家的想法。

从何处再办企业兴农呢？李阳从存兴家回来后，酒意上来，一时也睡不着，就开始了思考。论旅游业，只能依靠目前的山山水水，资源就这点资源；论历史典故，名气不够，做不了大文章，吸引不了游客；论工业，这山村只能种植绿色蔬菜，再挖掘就有些吃力。在想不到好主意的时候，刚好嫣然发来信息问他最近身体怎么样。嫣然说外面这段时间疫情很是严峻，很多同事日常都用类似金银花等凉性的植物泡着当茶喝，问李阳农村有没有金银花。李阳说，这段时间刚好是金银花的花期，虽然时间上有些晚了，但花还是有的。嫣然让李阳摘择一些晒干寄给她。聊完，李阳灵机一动，外面的人对金银花有这么大的需求，那是不是可以和我们这儿产的茶叶结合起来，推出一款金银花茶，以更好地符合市场的需求。想到这个点子，他马上记下来，在村里茶叶合作社的基础上，再办一个茶叶加工厂，除了生产加工传统的毛峰茶和龙井茶，试探性地尝试生产金银花茶、茉莉花茶等多种类的茶叶产品。

第二天，李阳来到村部，把自己的想法和大家沟通了一下，大家听后觉得设想很好，但就是这资金从哪里来。确实，资金的问题一下子困扰了大家。

吸引投资，自然离不开人脉，这几年，李阳也见了不少企业家、富豪、隐形富豪，可以鼓励他们前来投资。但李阳转念一想，如果真的是为了壮大村集体经济，最好是把投资权掌握在村里，这里产生的利润就不会流失。有了这个思路，李阳还是坚持把设想先向乡里相关部门报告一下，然后看看目前在这一块有没有扶持的项目资金，有的话争取一点，然后向银行贷一点，几个村委也可以自筹一部分，这样就能解决资金问题了。这一想法得到了村两委大多数人的同意。

当然也有打退堂鼓的："这不是做生意嘛，做生意有赔有赚，万一赔了怎么办，乡亲们答应吗？"

"没有改变哪会有发展，做生意也讲究天时地利，是吧？"老支书坚持对李阳的支持。

"我合计着目前的方案还是算稳妥的，现在我们茶叶合作社有铁路方的订单，再加上市场拓展的销量，基础还是有的，开办茶叶加工厂的条件和基础已经具备了。"李阳信心满满地说道。

"金银花茶肯定不愁卖，我联系过几家公司，这方面的需求比较大，而且这个国家还有奖补，政策上是支持的，即便是亏损，也不会太大，这是最坏的打算。我算了一笔账，按照目前市面价，不出三五年，我们村的集体收入可增加好几倍。"李阳介绍道。

李阳下午就和乡里相关部门汇报了自己的设想，并询问了相关扶持政策，乡里答应去市里相关部门积极争取一下，让李阳等待回复。

更令人激动不已的是市里为表彰乡村振兴工作先进单位，决定奖励岩头村等工作突出的村党支部5万元，这不仅是物质上的奖励，更多的是精神上的鼓舞。李阳的工作得到了村民和上级的肯定，"士为知己者死"，他从内心里感激组织的认可。

这也激励起李阳昂扬的斗志，他思考着如何让村里工作更上一个台阶。

但农村的各项发展需要资金，一分钱也容易难倒英雄汉，仅仅依靠奖励无疑是杯水车薪。

"等靠要"是不行的。目前村里的支出明显超过收入，梯田花园的经济效益尚未很好地呈现，茶叶合作社目前刚刚起步，带来的盈利在村里的建设项目上已经消耗得差不多了，再不拓宽思路寻求生财之道，将会是制约集体经济发展的瓶颈。

靠山吃山，靠地吃地。

岩头村卫生工作搞好了，投资环境需要慢慢营造，外来资金一下子不能到位，只能在村集体土地上做文章了。

　　一天傍晚，李阳坐在葡萄架下的躺椅上，闭目养神，思考着如何破解这道难题。

　　他感觉自己好像是上天派来拯救和改造这个世界的，一路披荆斩棘，降妖除魔，最终成为万人敬仰的大英雄，说不定还能抱得美人归。

　　夏天的风吹得人昏昏欲睡，好不惬意。

　　"刚取得一点小成绩就沾沾自喜、浮想联翩啦，大英雄主义泛滥，可能是电视剧看多了，还有了奇思幻想。"他在内心里不禁嘲笑起自己来，"又做黄粱美梦了。"

　　正好，老支书过来了，提着两瓶酒。

　　"呦，你这是怎么了，家里又闹矛盾了？老支书，我可不管啊，清官难断家务事。"李阳难得见到老支书主动拿着酒来约，于是笑道。

第三十九章

"还不是嫣然的事，弄得我头疼，来你这儿清静清静。"

"嫣然的事来我这儿，找我清静？你觉得找我能清静吗，难道她找了男朋友你们不满意？"李阳试探性地问道。

"哪有，这男朋友我倒是不用去关心，她有自己的选择，问题是她的工作，本来局里说可以把她调杭州铁路办事处来，还可以提拔使用，但这闺女就是不愿意来杭州。你说，杭州不是近一点嘛，就是一头劲的。"老支书无奈地说道。

"这也没啥，上海现在不是也很方便嘛。"李阳貌似有些护短。

"你们年纪轻的都是穿一条裤子的，找你说也没用，喝酒，喝酒。"老支书就知道，李阳是护着嫣然的。

过了一周，乡里有回复了，说建茶厂的事市里面作为扶植项目有部分资金补助，但也不会很多。如果要向农村信用社贷款，这个事乡里可以出面，能解决大部分资金需求。

有了乡里的回复，李阳的胆子又大了许多，于是他就开始谋划建茶厂的事了。

正好，村里大礼堂对面的那些平房是原来在集体经济的时候建的，也开过茶叶加工厂，李阳到实地察看了一番，这些建筑的木结构基本上还是完好的，墙体什么的看着也还不错，只要稍加修整就可以用，现在的面积完全符合初期建厂的需要。

看了厂房，接下来就是设备问题了。这选设备可是建厂最核心的，为了选好设备，李阳查找了很多资料，比对了很多数据，但他总归不是专业的，在设备的选择上很难搞清楚好坏。

这可难住了李阳，在询问村里大多数人后，大家对这个设备都不是很懂，毕竟都这么多年没大规模地生产茶叶了。李阳心里想："那只有找一家比较正规的、产量和销量都不错的茶厂去参观学习了。"

为了联系合适的厂去学习参观，李阳也是使出了浑身解数，经过多方打听，听说有着茶乡之称的丽水缙云有多家茶叶厂，生产规模和销路都很不错，估计那儿的设备应该具有代表性。

得到信息后，李阳找到盛斌，准备带上两三个骨干去缙云那边看看。李阳要来了对方几个厂的联系人和联系方式，与对方取得了联系，约好了去参观学习的时间。

一行人终于来到了缙云第一家茶叶生产厂家，叫"香天下茶叶厂"，这个厂的规模在当地茶厂中算大的，生产的茶叶品类也多，除了传统的红茶、黑茶、绿茶、乌龙茶、黄茶、白茶等，还出产有茉莉花、玫瑰花、百合花、紫罗兰、金盏花等各色花茶，在市场上获得了广泛的好评。李阳听了一下介绍，好像单单金银花的花茶是一个缺口，于是他试探性地问了一下："怎么没有见到金银花的产品呢？"

"金银花茶我们厂在几年前也试着做过，但金银花偏苦，和茶叶结合后，苦感更加强烈，客户的体验效果不好，所以也就没再坚持做了。"讲解员解释道。

"这倒是一个商机。"李阳向一旁正喝着紫罗兰花茶的盛斌说道。

"你没听人家说，这金银花茶太苦，人家不愿意买，你还做？"盛斌不解地问道。

"人家没做或者是做不成的事，最终我们做成了，这才是商品的核心竞争力，市场资源才能掌握在自己的手上，而且可以靠着一两个核心的产品占有市场很长时间的份额。"李阳说道。

"那好吧，我们先看看他们目前这些茶叶产品是怎么推进的。"盛斌说道。

"我们这儿的设备主要有滚筒式茶叶杀青机、滚筒式炒茶机、揉捻机和全自动烘干机，这些是我们的主要设备构成，其实炒制茶叶用到的设备并不是很多，也不需要很大，就是一条生产线。以炒制绿茶为例，茶叶采来后进入杀青设备，然后进入炒茶设备，如果是夏秋两季制作花茶的茶叶那就要用到揉捻机了，然后再和各类花朵搭配起来进入自动烘干设备。"生产车间的主任介绍道。

"这个时节，我们以生产各类花茶和红茶、乌龙茶、黑茶为主，因为这一类茶都有发酵和揉捻的环节，而像毛尖、龙井、我们这儿的黄茶都属于绿茶系列，有特定的节气影响，所以都是用鲜叶直接炒制，烘干后就作为商品出售，要抢时间占领市场，这样价格才能卖得高。"车间主任继续介绍道。

参观完了生产车间，李阳一行人对车间的流水线作业有了基本的了解。讲解员最后领着大家来到了茶叶展区，一开始她就着重介绍了缙云当地的特产，也是地理位置标志性的产品——缙云黄茶。

"相传，轩辕黄帝于仙都鼎湖峰铸鼎炼丹，登龙升天，飞天之时，灵草沾染金丹仙气，绿叶化金枝而成黄茶，每当春来回暖，茶树萌发出金黄色嫩芽，亮丽犹如奇葩绽放。采其黄芽，炒干以水冲泡，汤黄叶黄，清香不散，回味甘醇，饮者体健明目，百病祛除。百姓感念黄帝所赐，谓之黄茶。缙云黄茶富含叶黄素、氨基酸等营养成分，保留了大部分维生素，营养丰富，常喝对我们的肝脏、眼睛等器官都有很好的保护作用。

"缙云黄茶属于绿茶，具有良好的金黄色和光滑的外观，非常清爽柔和的味道和良好的香气，是地理标志证明商标。缙云黄茶能有效帮助人体排出体内一些毒素和油腻物质。如果这些物质常年积累在人体的腹部，人体会发生巨大的变化，变得越来越肥胖。如果你想减肥，你应该经常喝缙云黄茶，它可以防止肥胖，保持你的身体健康和苗条。"讲解员介绍道。

李阳听了讲解员的介绍，心中很是感慨，看看人家这茶叶介绍词编写得多好，听了以后让顾客很有购买的欲望和冲动，这个要回去好好借鉴学习一下，把本村的茶叶也包装一下，挖掘一下茶叶背后的故事。

第四十章

"我们再来了解一下缙云黄茶的制作方法，制作方法总共分三个步骤。一是杀青，黄茶通过杀青，以破坏酶的活性，蒸发一部分水分，散发青草气，对香味的形成有重要作用。二是闷黄，闷黄是黄茶类制造工艺的特点，是形成黄色黄汤的关键工序。从杀青到干燥结束，都可以为茶叶的黄变创造适当的湿热工艺条件，但作为一个制茶工序，有的茶在杀青后闷黄，有的则在毛火后闷黄，有的闷炒交替进行。针对不同茶叶品质，方法不一，但殊途同归，都是为了形成良好的黄色黄汤品质特征。影响闷黄的因素主要有茶叶的含水量和叶温，含水量越多，叶温越高，则湿热条件下的黄变过程也越快。三是干燥，黄茶的干燥一般分几次进行，温度也比其他茶类偏低，原因是黄茶原料细嫩，采摘单芽或一芽一叶加工而成，一次性干燥成形会导致茶叶一下子收缩水分后很容易粉碎，分几次成形让水分慢慢地蒸发，能够很好地保持住茶叶里面的微量有益元素，而且保证茶叶的完整性，有一个好的卖相。"讲解员详细说明了茶叶在制作过程中的步骤和细节。

参观完一家茶叶厂，李阳他们又奔赴另外一家。两家参观下来感觉茶叶的产品、制作的工艺基本上差不多，区别就是对产品的推销手法不同、经营管理的理念不一样而已。这两家茶叶厂目前均已在海外有了不错的市场，效益也确实很好。李阳在回来的路上想：这要是想做大，还真得在产品的结构和产品宣传设计，尤其是外宣的介绍词上动脑筋。

回来后，李阳和盛斌召集村两委临时开了一个参观学习后的经验分享会。会上，李阳让其他同行的人先说，他们纷纷根据自己的所见所闻绘声绘色地描述了情况，大家听后也都觉得大开眼界。

"原来茶叶里面还有这么多的文章好做，这祖祖辈辈留下来的产业，我们没能很好地结合新时代市场的需求，开发新的产品抢占市场，真的是给耽搁了。"一位老支委听后由衷地说道。

"对呀，真的是不走出去都不知道这天到底有多大，我们真的是井底之蛙呀。"老支书也感慨道。

"我们现在还来得及，李书记不正鼓励大家拿出勇气把村茶叶厂给办起来嘛。"盛斌见时机正合适，于是就趁着热乎劲儿再次把大家的意见统一起来。

"好的，那我同意。"

"同意。"

"同意。"

…………

听了去参观的人声情并茂的介绍，大家也纷纷铁了心准备大干一场。

李阳见大家思想都统一到建厂这件事情上后，说道："建茶叶厂头上几年是一个瓶颈，在瓶颈期，希望我们都能像今天一样，团结一心，齐心协力，大家有共同的目标才能战胜一切困难。等厂里基本条件都满足后，我们商量成立一个厂领导班子，人数也不用多，选一个负责人和一个茶叶厂党小组负责人，一个管厂务一个管党务嘛，我们还是要坚持把党的组织建立在最小的单元上，积极发挥党组织的作用，引导大家攻坚克难。我建议这茶厂负责人由存通兼任，因为他目前是茶叶合作社的负责人，那茶厂顺理成章由他负责生产和管理，这党小组负责人我推荐由我们的老支书兼任，他是村里的老书记，在党务工作方面很有经验，我们建厂初期需要有个替我们掌舵的，你们觉得怎么样？"

大家思考了一下，纷纷表示没问题。

"茶叶厂的设备到了，茶叶厂的设备到了。"四十多岁的存通这会儿就像一个孩子一样欢快地边跑边喊着。李阳他们在村部也听到了存通的喊话，走出大楼快步往茶叶厂那边赶过去。

"看看这新设备。"老支书摸着这些新家伙，心里很是感慨。

就像多年前，那时候还是集体经济年代，他那时是村大队的记工员，这茶厂也进来过三台揉捻的机器，那年代，机器可是新鲜事物，引得邻近几个村庄的人都来看热闹。岩头村那时候也是很威风的，村集体经济走在全乡的前列，除了茶叶厂，还有毛竹厂、锯木厂、面粉厂等好几家村办工厂。这一想，都快一个甲子时间了，自己也由原来刚刚初中毕业不到二十的小毛头，变成了现在的老头了。

李阳看着老支书若有所思的样子，问道："是不是这样的场景很熟悉？那时候可能比现在还热闹很多倍吧？"

"是呀，一个轮回，我终究还是碰上了这老厂房重新开张的日子，真的是感慨呀，世事变迁，往事就像放电影一样。"老支书由衷地说道，话语很是感人。

看热闹的人还是挺多的，尤其是原先有顾虑的，现在看到这些设备进厂后，也不得不佩服这些小伙子，干事情真的是干一件成一件。

设备一周就全部安装好了，两条生产线都能满足各类花茶的炒制要求。

这设备装好了，人员培训就要提上日程了。按照原来去缙云参观时和"香天下茶叶厂"的约定，由他们厂选派一个最好的技术师傅到这里来传授用机器炒制茶叶的技能。于是李阳电话联系，准备让对方厂派人员过来传授知识。这边也按照先实验茉莉花、玫瑰花和茶花三个品种的花茶准备好了相关需要的原材料。在等待的过程中，李阳自己也组织报名到厂里工作人选的安全生产培训。培训材料是李阳自己准备的，他按照自己在报考公务员之前，在农药厂里当工人的时候，厂安全科给新职工上安全培训课的要求准备了课件，涉及电气伤害、劳动和人身伤害、机械伤害、安全使用电气设备相关知识及防暑、防寒、应急处置等安全知识。村民们对于这样的培训还是第一次参加，既感到新鲜又觉得被"赶鸭子上架"，表现出了很多种状态。但无论怎么样，培训总比不培训好，他们多多少少还是能听进去一些的，到时候考相关设备操作证的时候，这些知识也能帮到他们。

第四十一章

这天，缙云厂里的技师来到岩头村开展为期一周的炒制茶叶的现场培训。第一批自愿成为厂里职工的村民跟着师傅一点点地琢磨着用机器制茶的基本方法，主要难点是要掌握杀青时和炒制过程中不同阶段对茶叶温度的控制，设备虽然是智能的，每一道环节都可以设置自动化程序，但要想炒制出上佳的茶叶产品，还是要有好的师傅对整个过程由温度来把握产品的色泽，这是技术最难的地方，也是不可一蹴而就的关键所在。

通过一周时间的培训，这一批操作人员基本上具备了单操的能力，由此茶厂就可以正式投入运营了。

村两委选定了一个好日子和好时辰，邀请了市里分管农业的副市长、市府办、农业局、城乡统筹部、发改委、旅游局等市领导和部门领导，以及乡里的四套班子，轰轰烈烈地在村里的茶厂大门前举行了一个隆重的剪彩仪式。这一举动又引来了一大群记者，市内各大媒介平台都纷纷报道了岩头村茶城开业的相关新闻。

开场声势浩大，那后面的生产经营部分就要想方设法跟上才行。为此，作为茶厂党小组负责人的老支书，第二天立马鼓励村里所有闲置的劳动力上山采茶叶。要知道，按照往年的惯例，立夏后茶园的茶叶就基本上没人采了，因为即便采了价格也很便宜。但今年不一样了，村里有了炒制花茶的茶叶厂，需要大量茶叶，于是大家又纷纷开动起来。这样一来，村民的茶叶收入在原来的基础上又得到了延伸，厂里也解决了对茶叶的需求。茶叶厂刚刚起步，村里自产自销完全能够满足生产的需要。

两三天后，第一批产自岩头村的茉莉花茶和玫瑰花茶出厂了，李阳和老支书、盛斌、存通等一大批村民看着新鲜出炉的花茶很是兴奋，大家纷纷看着、闻着、喝着，觉得这茶比任何茶喝起来都香，因为这里面有每一个人的辛勤汗水。

李阳把第一批茶叶产品用定制的包装袋分装成三两左右的小袋，分别快递给了嫣然、李雨涵、谢小余、市里的相关领导和自己的亲朋好友，一方面是让他们尝尝这茶口感怎么样，另一个主要目的就是让大家帮着村里推销一下这些花茶，以便能快速地打开外面的市场。

没过几天，果然有一个朋友介绍了一个山东批发各类茶叶的客户，客户在品尝了李阳他们的茉莉花茶后感觉不错，觉得味道很醇正，想下三百斤的订单。

"三百斤？干的茶叶三百斤？"存通真怀疑自己的耳朵是不是听错了，这茶厂刚刚开张生产，大单就来了，存通心里很是佩服李阳的人脉关系。

"区区三百斤就把你激动得这样了，要是往后来个三千斤、上万斤，那看你还能站得稳不？"李阳看着存通一副没见过世面的样子，感觉很搞笑。

订单来了，就要抓紧生产，不能耽误了这第一个客户的生意。于是，接下来的这些天里，老支书每天天刚刚亮就开始用大喇叭叫喊，催促大家抓紧上山采茶叶。弄得这些天村里上学的孩子也被迫跟着早起，上学没一个迟到的，都受到了老师表扬。

这立夏的天气转暖，气温一高，茶叶生长得也快，这头一两天刚刚采过茶叶，又是绿油油的一片了。

"这夏天的茶叶采起来就是解压，一抓一大把，哪像清明前的茶叶，要用放大镜才能看见，为了采茶叶把老花镜也戴上了，现在是瞎子也能来采茶赚钱了。"一个采茶的茶姑说道。

"你怎么知道我也来采茶了？"村里眼睛不好的"半盲人"回应道。此刻他正带着高脚板凳坐在那儿采茶叶，茶树的茶叶多，他基本上不太用挪动位置。

"啊？你还真的来了呀，哈哈哈，稀客稀客。这可要感谢李阳书记，要是没他来咱们这儿驻村呀，估计你这辈子和采茶这项活无缘了，连过个瘾都难。"刚才的茶姑无意间说到瞎子采茶，没想到"瞎子"还真的在这山上。

山上你一言我一语，很是热闹。

随着一段时间的运作，厂里的订单也慢慢地多了起来，村里的茶叶远远不够生产所需了。于是，李阳他们商量后，决定开始收购周边村民采摘的鲜叶，这样联动周边村的茶农形成了一个比较稳定的原材料供应链。

茶叶是现成的，但茉莉花、玫瑰花和紫罗兰等花朵依旧要依赖到外面采购，而且这笔成本开支也不少。于是，李阳他们又围绕解决这个问题开了一个会商议。

"村里那些刚刚平整过的梯田不就是种植这些花卉很好的基地吗，种这些花也不耽误旅游，既可以被茶厂利用，也可以开发体验活动，多好呀。"盛斌忽然脑袋开窍，第一个发言道。

对呀，大家一想，这倒是一个两全其美的方案。

于是，村里从外面采购了一批茉莉花、玫瑰花的苗，以及紫罗兰等花卉的种子，在村干部的带头下，大家像二十世纪五六十年代集体干活时那样一起出工、一起干活、一起唱歌、一起劳动。

过了一段时间，又有了新的矛盾。有些村民提出来：这茶厂是属于村里的，茶叶合作社也是村民直接参与的。现在是村民只能按照鲜茶叶的价格来计自己的报酬，每天也就几十块钱，这茶厂的生意是越来越好了，但村民受到自家茶树数量的限制，收益很难往上提升，这不合理。

这样的质疑声随着一传十、十传百，再通过添油加醋，不和谐的声音是越来越明显了。

为此，李阳他们又组织召开了专题会议，来商讨解决这个事。

"部分村民说得也有道理，毕竟茶厂是村里的，他们总不能永远都当自己是打工人，没有主人翁的感觉。"

"那这个事情解决起来无非两个办法：一个是提高鲜茶叶收购单价，那势必会增加厂里的负担；另一个就是发动大家参股，让大家都成为茶叶厂的股东，平时大家采的茶叶还是按照市场价格按斤收购，年底的时候，在茶厂有足够盈利的情况下，根据各自参股情况，按照每股分红数进行分红。大家觉得哪种方式更好？"李阳对于村里迟早会出现这样的问题，已经心里有数了，因此，早就做好了应对的方案。

通过讨论，大家都赞同第二种分红的方案。

于是，李阳把两委会议上讨论决定的分红方案，在组织的由村民代表参加的村委扩大会议上，把整个方案又过了一遍。这个方案公布后得到了广大村民的踊跃参与。这样一来，不但村民心里舒坦多了，干活也卖劲儿了，更重要的是，村民的参股为茶厂注入了很大一笔资金，为茶厂的高效运作、扩大生产提供了保障。

李阳在又增加了两条生产线的同时，找来村里四个二十几岁职校刚毕业的年轻姑娘和小伙儿,把他们送去专业培训直播带货,工资采用基本工资加提成,鼓励他们在村里就业。这样,一张线上和线下结合的销售网就形成了,茶厂的花茶、绿茶和红茶生意日趋走上正轨。

第四十二章

　　"喂！你好，请问你是岩头村的李阳吗？"一个不显示区域的号码拨进了李阳的手机。李阳犹豫了一下才接通电话，他想着这号码虽然有诈骗电话的嫌疑，但毕竟村里茶叶生意在，万一是找来的客户呢。

　　"是的，请问您是？"李阳礼貌地问道。

　　"你好，我是新加坡籍的华裔，听说你们那儿的花茶很不错，新鲜，质量好。我想问下，你们那儿有金银花的茶叶吗？我们这儿很有市场的，但问了很多渠道，这茶都不多，很难采购到，所以想问问你。"果然是客户，而且还是漂洋过海来的客户。

　　"你大概要多少呢？我们可以为客户提供专门定制的服务。"李阳故意套话问道。

　　"多多益善，来个几百斤也毛毛雨啦。"客户说道。

　　"那能不能我们先留一个有效的联系方式，先付定金可以吗？"李阳试探性地问道，还是怕被诈骗。

"我有个朋友在你们市里，可以由他来和你们具体协商。"客商说道。

"那就最好了。"于是，客商把朋友的联系方式告诉了李阳。

接到电话后，李阳心里嘀咕着，这金银花茶项目看来是要抓紧上马了。

于是他把自己关在办公室，打开电脑开始收集关于制作金银花茶的相关资料。他想，只有建立在他人成功的肩膀上才能快速地推进项目落地。

"金银花是常见的一种中药材，性甘寒。金银花含有丰富的多糖、绿原酸、锰、锌、钛等活性成分，适当服用可以清热解毒、消炎退肿，对抑制病原体感染、扩张血管等有一定的作用，而且一般人群都适宜。

"采摘金银花优先选择含苞待放的，这样的金银花药效是最好的，花苞由绿变白的时候，即上半部分是白色的，下半部分是青色的，这种花苞状态最佳。

"金银花茶是一种新兴保健茶，茶汤芬芳、甘凉适口，畅销国内外市场。常饮此茶，有清热解毒、通经活络、护肤美容之效用。

"采摘好的金银花带回家之后想要做成金银花茶，还是有技巧的，不是直接晒干就可以。一共四步：第一步是准备主料，制备金银花茶必要70%的茶叶做主料。将采收来的一芽二叶或者一芽三叶的鲜嫩茶叶，根据绿茶的制作方法制成干茶。茶叶的含水量不超过4%（手捻叶子成粉、手折茶梗即断），并要去除老叶、碎叶、茶末以及杂质。第二步是采摘金银花，应优先选择在上午九时左右采摘，此时露珠未干，不至于伤及未成熟的花蕾，并且香气最浓，也便于维持花色。第三步是茶叶吸香，将干茶与金银花置于密封仪器中隔层摊放，即一层茶叶一层鲜花（金银花必须平摊在窗纱网袋中），加盖密封好。之后每隔两三个小时，将金银花提出，把茶叶拌匀，再重复两次茶叶与金银花的隔层摊放，如许茶叶就能吸附金银花的香气。第四步是花茶配制茶叶，吸香完成后，把金银花提出，置于阳光下暴晒，当金银花手搓可成粉时，与茶叶按3∶7的比例混合均匀，即成金银花茶。金银花必须在日光下晒干，不宜烘干，否则无法维持金银花的原有色彩，按照上述要领制成的花茶，可达到色香味俱佳的效果。"

　　李阳看了详细的介绍后，解除了心中很多的疑惑。原来，制作金银花茶不是简单地直接把金银花和茶叶按照一定的比例搭配起来就行的，而是要分别备制，然后还要反复地经过密闭的环境，通过自然气味穿透来把金银花的味道渗入茶叶里面去，最后这比例也很关键，看来搭配的比例是影响口感的关键所在。

　　在得到要领后，李阳一头扎进了茶叶厂，开始没日没夜地反复实验金银花茶的制作方法。盛斌看到李阳对金银花茶还不死心，好意地提醒道："这么苦的东西没什么市场的，还是少操这份心，算了吧！"

"你不懂的，搞不好这才是我们今后的主打产品呢。"李阳自信地说道。这几天，李阳认真地把每一次制作的过程和搭配的比例都记录在笔记本上，每次完成泡着茶尝试口感后把感受也写下来。

经过"九九八十一关"的努力，李阳把自己认为在色香味上最出众的一个配方拿出来给大家泡着喝。众人在喝了之后，感觉金银花的香味很浓，茶汤带着天然的甜味，也不很苦涩，相反回甘很甜，喝了后感觉喉咙很润、很舒服。而且这个茶如果包装成速溶的产品，更方便冲泡，汤色也更好看。

在大家一致的肯定下，李阳觉得这件事基本上成了。于是他抓住漫山遍野还有金银花的时机，放出风去大量收购金银花，随即同客商商定金银花茶的价格，最终以282元一斤的价格商谈成功。这样一来，从农民手上收购新鲜的金银花再加上新鲜的茶叶，除去制作的成本，利润还是挺可观的，比其他花茶的利润都要高。

直到这个时候，李阳才把新加坡客商订购的事告诉大家。李阳给大家算了利润的账，大家听后都很兴奋，于是大伙儿满腔热情地开始赶制金银花茶，在制作金银花茶的过程中，李阳手把手地把自己摸索出来的经验教给大家，过程也是亲自盯控把关，生怕这第一单生意会出现什么插曲。

没过几天，新加坡客商在本市的朋友来厂里看货，看到厂里热火朝天的场景心里就觉得这厂靠谱，在品尝了金银花茶后更是赞不绝口。临走的时候，李阳特意把厂里每一样茶叶产品都送了一些给这个"钦差大臣"，让对方感动不已。

经过个把月的加班加点，新加坡客商的三百斤金银花茶制作完成，厂里完成了交易。

第四十三章

初夏的江南，天气还不是很热，尤其是到了晚上，微风习习，人们坐在葡萄架下，三三两两喝着茶、聊着天，还是感觉挺惬意的。这几个月来，李阳、老支书、盛斌、存通等一大帮人可真的是忙得不亦乐乎，但看着一件一件喜人的成绩，大家心里满满的都是自豪。自从村里开始推进新的村规民约，可以看到邻里之间各自为政、小肚鸡肠的事情少了很多，各户院墙前的垃圾也几乎没有了，小溪流里面也没人丢弃小动物尸体和垃圾了，村里整体精神面貌有了很大的改观。

梯田得到平整后，周边县城的人也纷纷慕名来游玩，村里的农民可以顺便卖一些竹笋干、地瓜干、番薯粉、番薯粉条等当地的特色农产品，也增加了农户们的收入。尤其是创新性地成立茶叶合作社，把卖茶叶的价格主动权牢牢抓在农户自己的手上，摆脱了几十年来受到中间商价格打压的局面，嫣然、曾主任、谢小余、存兴等联系来的茶叶销路，让村民今年的茶叶收入比往年翻了一番还多。李阳他们顶住压力，坚持建茶叶加工厂，到丽水缙云学习取经，硬是把茶叶整个生产周期延长了大半年，弥补了村里及周边村农户不采摘夏季、秋季茶叶的缺陷，直接增加了农户的茶叶收入，在家门口就能勤劳致富，同时带动了周边村民增收，促进了乡村发展命运共同体建设。

夜里，李阳躺在床上，把一年多来自己在促进岩头村新农村建设、推进乡村振兴的历程一一回顾了一下，感觉在自己和村两委这套班子的共同努力下，每一件事情都能够较为顺畅地推行下去，而且无论在经济效益上还是社会效益上都取得了显著的成效。李阳心里想，虽然身体上是累了一些，一直没有空闲过，但精神上却从来没有这么富足过。

他初到这偏远山村时，原本担心会经历寂寞、无助和无奈，现在看来，这些本分、善良的村民给李阳的是满满的信任和无私的支持，在这小山村，空气是甜的，心情也有了难得的轻松。

经过近三个月的奋战，村里绕村道路、几处破损房屋的修缮、藏污纳垢地方的整治、村口池塘的塘堤整修、生态公厕等项目都接近尾声了，看着整治过后的村容村貌雏形，李阳感到很欣慰。

正在他喜滋滋地回想整个历程的时候，李雨涵发来了信息："李阳，很高兴认识你，相处的时光总是短暂的，但又是值得回忆的。只可惜，我要远行了，有可能会很久很久不能再聚。说实话，我很不舍你这个朋友，后会有期。"

突然的信息直接让李阳蒙了，他马上回复道："你要去哪里？怎么说是远行？"

"我要出国去了，跟着父母。"李雨涵回复道。

"李书记，你吃早点没？我家里早上做了肉包子，要不你跟着我吃几个去！""木疙瘩"的老伴刚从小溪边洗完衣服路过，看到李阳茫然地站在村口，好客地问道，这一问也打断了李阳的思绪。

"哦，大妈，我现在还不饿，我想在村里转着看看这些工程做得怎么样，一会儿就上你家去吃好吧！谢谢你。"李阳此时没有吃包子的心情，但想想，既然人家已有了好的去处，那也是好事，于是给李雨涵回复道："那我真挚地祝你幸福！"

逛了一会儿，他突然感觉肚子很饿，这山村什么都好，就是早餐很单调，除了稀饭还是稀饭，要么是加各种东西的稀饭，比如地瓜稀饭、年糕稀饭，要么就是菜泡饭，反正村里没有卖早餐的，想吃什么都要自己动手。李阳想到了刚刚邀请他吃肉包子的事，干脆就不再客气，直奔"木疙瘩"家去了。

转到村东头的时候，李阳恰巧碰到老支书从外面干完活走回来："老支书，你每天都这么早下地干活，是不是被阿姨一大早就赶出来了？哈哈哈！"李阳开着玩笑说道。

"你小子，这年纪大了睡不着，哪像你们小伙子。"老支书

看着眼前这个没大没小开玩笑的臭小子，还别说，心里真挺喜欢
他的。

"告诉你一个好消息，我家嫣然要放半个月年假，要回来了。"
老支书带着坏笑说道。

"真的呀，那太好了。可惜，我昨天就已经知道了，你这属
于旧闻了，不算新闻。"李阳俏皮地说道。

两个人相视着哈哈大笑起来。

"李书记，你这几天都没上我家去看看了。"春花娘在村里碰
上李阳问道。

"对了，我好像是好几天没去看了，现在怎么样，进展到什
么程度了？"李阳关心地问道。

"你自己去看看不就知道了吗？"春花娘卖着关子。

李阳来到了春花娘家，一进去就看见这"营业大厅"已经完
成得差不多了，门口庭院已经好了，二楼的客房改造也完成了，
厨房、点菜区改造得也差不多了，让李阳很是惊喜。

"我这儿再过半个月可以营业了，到时候你可要帮我拉客户
过来，把我这个张先开了。"

"好的，没问题。"

李阳早饭吃得饱饱的，想着到哪里去走一走消化一下，他突
然想到，梯田那儿已经种下去的茉莉花、玫瑰花那些花卉不知道

怎么样了？于是他朝着梯田走去，一路上遇到早起干农活的村民，他们都很主动地和李阳打着招呼。山上、地头都有早早就起来的村民在采自家的茶叶，看着这些忙碌的身影，一派田园祥和、各司其职的安逸画面，井井有条的农村生活，使人心情也宁静起来。

栽种不久的茉莉花已经有了昂扬的生机，枝头一个个含苞待放的白色花骨朵很是喜人。李阳看着满梯田的茉莉花苞，其润如玉、白如绢、轻如纱，散发出阵阵清香，在绿叶的映衬下，似碧玉上的颗颗明珠，如夜空悬挂的点点繁星。入夏后花儿长得很快，茉莉花一批一批地挂蕾，即将一批一批地绽放，长成温馨芬芳的花儿。

"看来用不了多久我们就有第一批自己产的茉莉花可以采摘了。"李阳心里想着。

另一侧的玫瑰花虽然长得没茉莉花这么快，但也已经成活，抽出了新的嫩芽儿，叶片翠绿翠绿的，粗壮一些的，枝头也开始冒出小小的花苞。

撒种的紫罗兰、薰衣草也都开始噌噌地生长着，整片整片紧挨着，到时候开花了会很好看。

这时候村妇女主任走过来，看到李阳说道："李书记还真贴心，知道我们女的喜欢花，帮我们种了这么多品种，这么多的花，到时候来拍照会相当漂亮，再也不用去羡慕外面的风景了。"

"哈哈，看把你们美的。"李阳俏皮地说道，"到时候可帮着看着点，不要让人家来搞破坏。"李阳叮嘱道。

"那必须的，我们妇女巡查队会一天三四趟巡回检查，放心。"妇女主任保证道。

第四十四章

午后的阳光格外温暖，这个天儿只要穿一件长袖衬衫就行了。李阳正从梯田那边转了一圈回来，远远地看见公交车站处走来一个女孩，那身影有些熟悉。李阳是近视眼，远处的事物看得不是很清楚。

于是，李阳朝着前面赶过去，想看看这熟悉的身影到底是谁。刚赶了几步，对方就叫了李阳的名字，一听这声音，李阳就肯定了是嫣然回来了。

"你回来了！这大包小包的，来，我帮你拿着。"李阳赶紧跑过去，接过了嫣然的诸多行李。

"没事，没事，这里面有我从上海带回来的好东西，你看了一定喜欢，对我们村茶叶的发展也是一个抢占市场的绝好机会。"嫣然兴奋地说道。

"还有这样的好东西，那我倒要见识见识。"李阳听到对茶叶的发展有帮助就格外感兴趣。

两人有说有笑地朝着老支书家里走去。"对了，你回来的时间怎么不和我说一声？我也好去接你一下。"李阳说道。

"我连我爸妈都没说呢！说了不是就没惊喜了。再说，我也搞个突然袭击，看看你们村里的工作开展得怎么样。"嫣然说道。"不过，我从车子里面看到村西口的梯田里黑黝黝的、矮矮的，不知道都种了些啥？"嫣然不解地问道。

"那我也要暂时保密。"李阳也卖了个关子。

不一会儿，他们俩就来到了嫣然家门口。"老支书、老支书，快出来。"李阳一边喊着，一边往里面走。

"干啥嘞，喊得这么急，是不是出了什么事情了？"老伴催着老支书赶快出去看看。

"老支书，你看谁回来了？"此刻嫣然正躲在李阳的身后，一下子跳出来，这出场的方式绝对是排练过的。

"你这疯丫头，回来还吓我一跳！老伴老伴，快出来，快出来。你继续躲起来，也吓你妈一跳看看。"老支书像老顽童一样，叫嫣然躲起来，再突然蹦出来。

嫣然她妈出来，一看两个大男人拿着一些行李，说道："你们俩这是干啥呢？难道李阳要回城里了？"

"啦啦啦，老妈！"此时嫣然从两个大男人的背后猛地蹿出来，可把她妈吓了一跳："这孩子，你这是搞的哪一出！"

"来，给我看看，女儿有没有瘦了？"作为母亲，最担心的就是女儿胡乱减肥，要风度不要体重。

"瘦了才好呢！"嫣然转了一圈，信心满满地展现着身材。

"这都大姑娘了也没个正形，让李阳看笑话。"嫣然妈说道。

"快进屋，快进屋。"

几个人一落座，嫣然妈就拿出花生、红薯干、杨梅干等一大堆零食，招待着："你们吃点，我这就去做饭。"

"这才几点呀？不上不下的。老妈坐着，我给你看看我带回来的东西。"嫣然说道，从大包小包里开始往外拿带回来的礼物。

"这雪花膏是我专门给你买的，上海的老牌子，抹一下年轻好几岁。"嫣然打开来，给老妈脸上抹了一下。

"老都老了还什么年轻不年轻的。"嫣然妈有些害羞地说道。

"我妈可不老，这要是打扮一下，在城里跳个广场舞还有一大群老头围着转呢！"嫣然打趣道。

"这疯丫头，你这不是要把你爸给'气死'嘛。"嫣然妈责怪着说道。

"没事，没事，我也可以围着人家老太婆转呀！"老支书顺着嫣然的话打趣道。

"还有蝴蝶酥，这是上海的传统小吃，是纯手工的，给老妈。爸，这是我给你买的梨膏糖，是老字号，吃了对你喉咙好。"还是女儿孝顺。

"那你怎么没给李阳带什么呀？"老支书故意问道。

"他又不是我什么人，我为什么给他买！"嫣然看了一眼李阳，故意说道。

李阳听了这话，脸立马红了起来。"给这是给你的。"嫣然塞给李阳一叠纸杯子。

"杯子？"老支书看着很纳闷，说道，"哪有给人家带杯子的？"

"你先拆开来看看！"嫣然走到李阳身边，要李阳把杯子打开，打开杯子，杯底看着有一层褐色的粉末状的东西，李阳问道："这里面是什么？"嫣然说："你拿开水泡起来看看。"于是李阳取出一个杯子倒上开水，开水马上变成了茶色的液体。"你喝喝看！"嫣然说。

李阳端起杯子喝了一口，一股浓浓的咖啡的味道充满着口腔："原来这是咖啡，把咖啡直接固定在杯底，然后一冲就可以喝，还真方便。"

"是吧，这就是我带给你不一样的礼物。这是新科技产品，把需要泡制的咖啡、茶叶等直接和杯子做在一起，然后抽一个泡一个，既方便，又定量，科学配比，保证口感。"嫣然介绍道。

"这个技术可以用到茶厂生产的各种茶产品，走人无我有的路子，迅速地抢占市场。"嫣然兴致勃勃地说道。

"这个倒是可以尝试一下。"李阳很认同。

"给我看看。"老支书也很好奇，接过去纸杯端详着。

"那做这个的流水线投资贵不贵？"李阳关心投资成本的事，毕竟现在茶厂才刚刚起步，盈利还不是很多。

"不多，用到的设备也就一台，几万元的样子，无须增加很多成本。"显然嫣然是做过功课的。

"那就好，我们后续先看看设备，采购一台，实验性地做做，探探市场。"李阳说道。

一桌子可口的饭菜都是嫣然平时喜欢吃的，看着父母对孩子这么疼爱，李阳很是感动，这也让他想起了自己的父母，这都多久没有回到父母身边了。

"来，李阳吃菜。"嫣然夹了她自己最喜欢吃的腌猪蹄炖嫩笋干给他，李阳看着洋溢着笑容的嫣然，心里暖暖的，这笑容是多么干净，不带任何瑕疵。

"这做笋干的笋都是老头子在开春前用锄头从很深的黄泥巴里面挖出来的，都是最嫩的部分，吃起来很清脆，是嫣然最喜欢的菜。"嫣然妈说道。

"李阳，年底的时候我让我爸教你挖冬笋，可好玩了。"嫣然说道。

第四十五章

"对了，老妈，家里还有没有麻糍呀？"嫣然突然想起来。

"麻糍？对了，还有宝贝女儿最喜欢吃的麻糍，你这突然回来，一激动给忘记了，我现在就去煎来。"嫣然妈说道。

说起这麻糍，岩头村的麻糍和其他地方的很不一样。每年农历的九月二十二是这里的麻糍节，家家户户都要打麻糍，麻糍节已经纳入市级非物质文化遗产了。

"我们这儿的麻糍你吃过没，李阳？"嫣然问道。

"哦，吃过几次，软软糯糯的，香甜可口，挺好吃的。"

"说起这麻糍节还有一个有趣的传说呢！"老支书说道。

"相传岩头村的始祖盛叔刚生育有两个儿子，长子名原，次子名本。父子三人定居岩头村后，辛勤劳作，这日子越过越好。到后来父亲年老多病，兄弟两人给老父亲养老送终后就分居开来。几经岁月，兄弟膝下都儿孙满堂，子孙兴旺，并开花散果，形成了两房。两房之间的关系由于缺乏沟通，堂兄弟之间亲情也日渐疏远，加上一些日常的矛盾，两房子孙之间发生了争执，甚至发展成了斗殴事件。当时还健在的大儿子的老婆也就是这些子孙的大太婆看着同宗的子孙之间关系越来越僵化，很是着急，很是心痛。这年的九月廿二日是太公盛原的忌日，大太婆作为结发之妻准备悼念死去的丈夫，用糯米芝麻打成一些麻糍，祭拜后叫子孙们去邀请盛本的子孙一同分享麻糍，但子孙们怄气，一个人也不愿意去叫。于是，年逾九十的太婆拄着拐杖把切成条状的麻糍挨家挨户地送去，一家一条，谁也不多谁也不少，德高望重的太婆这样的举动深深感动了另一房的子孙。后来，盛本的妻子在祭拜亡夫时做了足够分量的米粿，同样一家一户地送来。一来一往，两房子孙的关系越来越好，平时也是互帮互助，形成了和睦的同族关系。为纪念心地善良的太婆，族里人在每年的九月廿二日家家户户打麻糍，并邀请自家的亲戚朋友一同前来分享，久而久之就形成了风俗，一直传到现在。"

"故事好感人啊，原来我们祖上还有这么一位得大体识大局、心存善念的太婆，为她点赞。"嫣然听了后连连夸赞。

"这家家户户都打麻糍，而且是同一天，那场面肯定很热闹吧！"李阳问道。

"那是，我们小时候都要一大早拿着木盆去排队的，等快轮到自家了，再由一个看牢位置，另一个回家去叫大人。而大人一直在家里用饭蒸把糯米粉蒸熟，等着我们排到了再两个人抬着去打麻糍。"嫣然介绍道。

"这打麻糍可是体力活，家里劳力不够的还要提前说好话请人家来帮忙，也有的提前请亲戚来帮忙的。我们这儿打麻糍和其他地方有很大的区别，是用'吊台'打的。'吊台'前面是一个一百多斤的大石臼，再加上固定石臼的木梁，足足有四五百斤重，所以，'吊台'的后面起码要用三个青壮年才能踩得动。开打的时候，后面三个人听从前面石臼旁边负责翻米粉团这个人的指挥，有节奏地踩动石臼上下运动。负责翻的人要求胆大心细、手脚要快，一边加水一边翻着，翻的过程要全部翻到，以免发生夹生不糯的问题。后面的三个壮汉几个回合下来也是满头大汗。所以，我们这儿一次性只能打三十斤米粉左右，但那天往往每家每户都要做上七八十斤米粉的麻糍，有些人家亲朋好友多的还要更多，因为这祖上的太婆就有着好客的风俗，客人走的时候，还要给他带点，所以一点两点是不够的。"老支书抿了一口酒继续说道。

"这麻糍呀，我们刚刚打来的时候，要趁着热度用手掌把整个一团的糯米团子一点点地推展开来，糯米的团子没办法用擀面杖推，因为黏性太大了。这双手要一边推展，一边由于太烫，要不停地用凉开水降温。把麻糍推展成饼皮状后，再撒上用红糖、芝麻碾成的香粉，然后对折，待放凉后切成 10 厘米左右的长条。这麻糍趁热煎起来的还要好吃，更香，外脆里糯。"

"原来是这样，我去年怎么没看到？哦，对了，那段时间我去城里办事情了，我说怎么没印象，那争取今年参与一次，体验一把。"李阳说道。

四个人一边吃一边聊，不知不觉间一大盆油煎的麻糍就吃完了。除了嫣然妈不喝酒，三个人把五六斤家里泡的杨梅酒都喝光了。

第二天，嫣然也没睡懒觉，一大早就起来了，来到了李阳的宿舍门口敲门。而李阳还在里面补着觉，昨天晚上酒不醉人人自醉，他有些喝高了。

"李阳，快开门，快开门。"嫣然在门口一边敲门一边叫着。

"我来了。"李阳一听是嫣然，赶忙从床上爬起来，打开了门。"你怎么起得这么早？"李阳睡眼蒙眬地问道。

"太阳都老高了，哪像你这个懒虫。"嫣然摸了一下李阳的头发说道。

"快去洗漱洗漱，带我到你们奋斗过的地方去'视察'一下。"嫣然"命令"道。

"收到，领导！"李阳故意配合着。

"那我们先从最美的地方看起还是最忙的地方看起？"李阳把自己收拾了一番，准备出门。

"那当然是最美的地方啦。"嫣然说道。

"请。""前面带路。"两个人说说笑笑、打打闹闹，朝着梯田走去。

吹着初夏略有暖意的风，初升的朝阳刚好洒向梯田，在阳光的沐浴下，还带着雨露的茉莉花洁白的花骨朵迎着朝阳轻轻摇摆，仿佛在欢迎着这位前来"视察"的"女上司"。嫣然看到这成片成片的茉莉花、玫瑰花，还有即将绽开花朵的紫罗兰和薰衣草，心里很是开心。她一下远望花海，一下蹲下身子，托起花朵使劲儿地闻着，仿佛要把这花儿沁人的芬芳一下子吸到鼻腔里去。李阳拿着手机，一下下把嫣然与花朵美的瞬间记录了下来。

"李阳，你知道吗，我最喜欢茉莉花了。"嫣然说道，"我还曾经写过一篇关于茉莉花的小散文。"

"是吗？我也很喜欢茉莉花呢，以前在家里每年都会养上几盆。"李阳觉得两个人的共同点越来越多了。

第四十六章

"对了李阳，我还喜欢栀子花的香味，芬芳素雅，绿叶白花，格外清丽可爱，使人很自然地接受这清新不浓烈的味道而感到身心放松。以前每到栀子花盛开的时节我都会采一些栀子花插在家里的花瓶里面，那花香溢出，让满屋子都有诱人芬芳，这香味氤氲着使身心都安静了不少。你看能不能在这梯田边上再栽上一些栀子花呀？"嫣然撒娇地说道。

"那还不简单，栀子花很好种的，长得也快。我改天就去问问给我们提供树种的苗圃，让他送几十棵过来。"李阳见嫣然这么喜欢栀子花，那是必须安排上的。

两人在花海嬉戏打闹了一番后，朝着村里走去。路过春花娘家，李阳介绍道："这就是我们准备试点开民宿的地方，走，进去看看。"

李阳一一给嫣然介绍了改造的过程和经营合作的模式。正说着，春花娘走了出来，看见嫣然说道："哟，这嫣然都成大姑娘啦，刚刚回来吧？快快，进来坐。"

"不用了大娘，这……李阳陪着我来看看，大娘你还挺时髦的，敢为天下先呀，不错。"嫣然手指指李阳礼貌地说道。

"你这大姑娘真会说话，我这哪是什么天下先的，主要是相信小李书记的为人，知道跟着他干准没错的，对吧，李书记？"春花娘还真会夸人，说得李阳很不好意思。

"呵呵，主要是大娘你比较能干，你干我们就放心。"李阳也跟着嫣然叫上了大娘。

"我看你们郎才女貌的还真挺般配的，听说你们两个各自都还没有朋友，何不你们俩一起呗，要不要我来做个媒啥的？"这春花娘还真的三句不离本行，一下子又扯到年轻人搞对象的事情上去了。

"这哪儿跟哪儿呀，大娘你真会开玩笑。"嫣然害羞地说道，说着就想往外走，"我不和你说了，我们先走了。"

两个人结束了民宿的"考察"，直奔茶叶合作社暨村办茶厂。

"前面一站可是我们的重头戏，'领导'你可要充分调查研究，给予我们发展的宝贵指导意见。"李阳俏皮地说道。

"那要看你们经营情况如何了，生产上的事，安全第一，没有安全一切都是零。"嫣然还真的来了几句装腔作势的官腔。说完，两个人狂笑不止。

"大老远就听见你们两个的笑声了，什么事情值得这么开心啊？"老支书这时候正在茶厂，听着两个年轻人这无畏的笑声，感叹青春真好啊。

"哪有，我这不是为你们这一年多来表现出来的新时代、新动力、新作为取得新成就而感到无比开心嘛，于是就开怀大笑了一番。"

"嫣然见到老子也没个正形，这都是老支书从小不把她当女儿养给惯出来的毛病。"一旁的存通说话倒是也不顾忌，这大白话说得也还真有些到位。

"是呀，你看让我给惯的。"老支书笑着说道。

嫣然认真地一台一台设备看过去，看着每一个制茶的环节和这些炒制茶叶师傅手里的活，一圈看下来很惊叹。"没想到，短短的几个月时间，从设备到产业工人都具有了专业水准，这产品有模有样，还真了不起，村办工厂可以和国有企业相媲美了！"嫣然赞叹道，虽然用词有点夸张，但表扬的理是这个理。

李阳随后拽着嫣然来到了产品展示区和客户体验区，按照接待来访的一套，把每种产品都一一泡给了她品尝，嫣然看着眼前七八个品种的茶，逐一开始品尝起来，一边品茶，一边看着宣传片。看到宣传片，嫣然眼前一亮，不知道啥时候村里把介绍岩头村及这里特产的宣传片给拍出来了，看着效果还真不错，屏幕中的村庄从晨曦到夕阳西下竟然如此之美。尤其是在云雾缭绕的时候，这漫山的茶树仿佛长在仙家后花园似的，很有仙气。这解说词也写得极好："一庭春雨，一棵棵世间的精灵在沉睡一个冬天后慢慢苏醒，那晶莹的芽儿是跳动的音符，一群又一群穿着花衣裳的舞者伴随着起伏的节奏歌唱……茶即禅，能宽心润燥；茶即药，能清肠去秽；茶是一种态度……"

"嫣然，你先坐着喝茶，我去那边处理一些事情。"李阳对嫣然说道。

听着播放的解说词，嫣然思量间抬头打量起这间客户体验间来。

昏黄的灯光从一个缠着莲花的吊灯中晕开来，把整个气氛烘托得很安静。一节两米多长的木头从中剖开，做成两张木几，分置两端。木几的头尾分别放着两张浑圆的木圈椅子，两侧放置两把藤椅，电陶壶里氤氲着盈盈茶香，几面的木纹绣着岁月的针脚，老瓷茶盏映着靛蓝花色，清亮的茶水和这花色极为搭配，仿佛一下子整个人温静有情了起来。

不知不觉间，嫣然被这雅致的品茶室氛围陶醉了，眯着眼享受起来。"要是在这儿泡上一天，啥也不想，啥也不干，倒是很惬意。"嫣然心里想着。

"嫣然，怎么样，这茶口感不错吧？"李阳这时候走进来，打断了嫣然的静思。

"嗯，茶不错，这环境也很不错，是你特意设计的？花了不少心思吧。"嫣然很佩服地问道。

"是呀，这里每一个细节我都用心设计过，为的就是尽量营造出一种瞬间能够安静的氛围，让客户在这里静静地品茶，才能品出茶别样的滋味。怎么样？看来你也是深有体会了吧？"李阳很自信地问道。

"是呀，这环境太好了。下次我没事的时候就坐这里了，看看书，品品茶，多惬意呀。"嫣然很显然对这里已经情有独钟了。

"那你岂不是成了'老板娘'了，在这雅间办公？"李阳俏皮地打趣道。

"要是能成真那也不错嘛，起码不用朝九晚五，吃那奔波的苦。"

"那你现在还不能在这里享受，我们的江山还没有巩固呢，还要继续'出征'。"李阳说道，"你昨天给我看的那个自带咖啡的纸杯设计效果真不错，我今天想好好琢磨一下，怎么和我们这儿的各类花茶结合起来，这样又是一个具有极强市场竞争力的产品。"

"那肯定的，这产品目前国内市场还不多，在国外市场更好销，要是能较快生产出来，我们就能主导市场了。"嫣然对这块市场很有信心。

第四十七章

　　说干就干，李阳和嫣然两个人开始查自带茶叶纸杯的资料，为准备开发新的产品打基础。通过查找相关资料，他们俩基本上摸清楚了自带茶叶纸杯的制作原理，其实就是在茶杯的本体内设置带通孔的隔板，利用隔板将杯体内部空间划分为饮用空间和冲泡空间，茶包放置在冲泡空间内，需要喝茶的时候直接拿着杯子用开水冲泡即可。而且制作这样的杯子有自动的生产设备，只要把设备和相关材料采购回来就可以投入生产。

　　李阳为了这项产品能够顺利在会议上得到大家的一致认同，事先找了几个核心的村两委个别进行了沟通。这天，支部书记盛斌召集村两委开一个碰头会，主要内容是目前村里村容村貌整治工程、大礼堂和村池塘、公共场所等项目改造已经完成，验收也通过了，接下来就是使用和维护的问题，再就是李阳提议的增加生产自带茶叶纸杯的动议事项。

　　"目前，我们村前期相关项目都已经完成了，村容村貌得到了很大的改观，但后续投入使用后，我们要思考一个维护的问题，这要大家商议一下。另外，村办茶厂准备增加一个新产品，到时候李书记会重点介绍，大家也议一议。"盛斌把今天的会议要点说了一下。

"我觉得村里各项整治工程是结束了，需要有日常维护。还有一个，村里的绿化好像还不够，也需要增加一些绿化的种植。"连生说道。

"是的，别看我们周边都是山，但村里面没几棵树，要不我们发动大家到附近的山上转转，挖一些适合种植在村里面的树？"一位支委说道。

"那怎么行呢？到山上挖不是破坏生态了嘛，现在要践行的是'绿水青山就是金山银山'的理念，不能把原来山上的绿化给破坏了。"村妇女主任反对道。

"看来我们的盛主任很有觉悟嘛，是不能采取拆东墙补西墙的做法，我们还是能化缘的化缘，化缘不来的那就采购。"老支书听到妇女主任的觉悟这么高，心里很安慰。

"那补强绿化的事就这么定了。另外，负责村里日常卫生维护和公共场所卫生维护的人选，我先建议一个，'木疙瘩'夫妇怎么样？"盛斌推荐道。

"那我觉得还是国军夫妻比较好，更年轻一些。"这时，有不同意见发表。

"那这样，我们还是举手表决吧。"李阳左右为难，干脆提议用举手表决的方式。

通过举手决议，最后还是赞同国军夫妇的人多。

"那接下来我来说下，关于村办茶厂增加一款自带茶叶纸杯产品生产的事项。"李阳说道。于是，李阳又把该产品的特性和市场前景，以及需要增加的设备和预估投资说了一遍。大家听李阳说后，都表示了同意，因为开拓产品市场这样的事，这些整天拿锄头的是搞不明白的，大家已经充分信任了李阳，就没什么具体意见了。

"李总，你前几次卖给我的那些花茶销量不错，特别是金银花茶，在我们这儿真好销。这样，我让我的朋友继续作为代表和你签订一个长期的采购协议，你看怎么样？"新加坡的客商又打来电话。

"长期采购协议的话，那价格要随着市场走，要不然也不合理。东西我们这儿是长期有的，质量方面你也可以放心，我自己把关。如果价格上你同意不是一口价，我们可以接受。"李阳一眼就看出来这客商的心眼儿，估计会咬死一个价格。

"好说，那就这么说定了，我让我的朋友具体来和你谈。"客商挂断了电话。李阳心里对于有着这样一个长期的客户感到很开心，毕竟厂里有长期的固定客户是好事。

他立马把这个好事告诉了嫣然，嫣然也感到很开心，这样就可以正常保障茶厂的生产。但还是要加快自带茶叶的杯子的生产，李阳在村两委同意后就把订购机器的单下了，差不多半个月就能到货了。

"小李书记，梯田的茉莉花全开了，好漂亮。"妇女主任发来视频，并四周环拍了一圈，让李阳看看。"那太好了，你们赶紧去该拍照的拍照，该拍视频的拍视频，发到朋友圈去，吸引周边的游客来玩。"李阳说道。

李阳意识到，春花娘家的民宿要抓紧完善起来，厨房的设备、餐桌、客房用品都要采购了，说不定这段时间第一拨客户就会到来。

于是，他拉上嫣然直奔春花娘家去，用笔开始记录需要采办的物品。晚上，嫣然和李阳带着前期村里招募的几个年轻人，开始制作白天拍摄的茉莉花的视频和图片，准备制成网络推广资料，这样可以扩大传播面。

"这里是岩头村吧？"一个自驾游客来到村口，向村民问路。"是的，你是？"村民回答道。

"我是从上海来的。我的老父亲原来在这里当过知青，前些天去世了，他去世前一直念叨着想来村里看看，最终没能如愿。我是带着老人家最后的愿望来这里替他看看的。"

"这样啊，那你把车停在前面的停车场好了，你再过来，我把你带到村部去，具体你和我们村里干部去说。"村民把游客带到了村部。

刚好李阳他们都在，正在讨论着事情，游客说明了来意，并报上了父亲的名字，老支书一听这个名字就立马很客气地来接待："你父亲在村里足足待了四五年，还差点成为村里的上门女婿呢！"老支书说道，"他在这里很勤奋的，刚开始啥活也不会干，一点点地后来都学会了，还在村里教过书，很受村里人的敬重。没想到，你父亲已经走了，实在让人难过呀。"

随后，老支书、李阳陪着游客在村里村外四处走了走、看了看。"没想到，你们村环境这么好，又干净又舒适，看来我要好好地在这里住几天再走。"游客说道。

"好呀，很欢迎。那这样，你先住我家里，村里民宿还没有完全启用，等下次来你就可以住上更加舒适的农家宾馆了。"老支书说，"住我家，吃住免费。"

"那怎么好意思，住宿和伙食费我自己要出的。"游客说道。

"没事的，没事的，跟我先住下。"老支书带着游客朝着家门走去，"我女儿也是在上海工作的，这几天刚好在家休年假。"一路上老支书介绍道。

"那你女儿真有出息，如果你女儿在上海有什么需要，来找我好了。"

第四十八章

　　"爱满人间孝行天下""文明礼让彰显素养"……村里让广告公司制作的一批文化墙海报今天送来了。李阳准备在村两旁民居的文化墙上，再用大片的柳树、黄牛、自行车等不同图案的墙绘来装饰一下，这样村里白墙黛瓦的屋舍，与头顶的蓝天白云、两侧的竹林荷塘互相映衬，一股清淳之风扑面而来。

　　看着这荷塘，李阳想好像还差一点味道。村里虽然也有一些人家常年种莲藕，但都是星星点点地东一块西一路，没有形成连片的莲藕荷塘。

　　"记得前几年，村里种莲藕的人家还挺多的，基本上一户挨着一户，后来，为了莲塘争夺水源起的矛盾越来越突出，甚至有的为了水源而大打出手。其中一户人家在虾塘边焚烧旧物，灰烬飘到塘中，不久塘中出现了死虾。虾塘主与这户人家争执起来，甚至打架掉入塘中，后来经过村里分析矛盾、评估损失和从中调解，两家最终握手言和。从这以后，大家种藕养虾养鱼的积极性被打掉了，现在还在坚持的没几户了。"老支书介绍了村里种植莲藕从兴盛到衰落的历程，李阳听后才明白了缘由。

"那现在村里的情况有了很大的改变，村貌整治的效果不错，特别是墙体上的绘画很具有农家文化特性。这白墙黛瓦的，要是配上成片的藕塘、婀娜多姿的莲花，一定会更美，而且可以贯通整个村旅游带，把梯田和荷花风景融合起来，给游客更加立体的体验感。莲藕里面还可以养殖龙虾，龙虾比较好养，抗病能力很强，现在市场需求也很大。"老支书听了李阳一番话觉得想法是很不错，但具体要怎么操作呢？

这几天，李阳开始琢磨，到底应该怎么把这几里藕塘风景打造好呢？李阳开始上网查找这方面的经验做法。他看到，有些新农村建设过程会通过土地流转的方式，把土地集中起来，规模种植。由此，他想到了，把原先种植塘藕的区域以土地流转的方式集中起来，然后集中承包给一个或者是几个人来种植打理。

在模式上，李阳想继续采用茶叶合作社那种"支部 + 合作社 + 农户"的产业模式，来推进莲藕种植成规模，再带动龙虾的养殖，增加农民的收入。

说干就干，李阳把自己的方案提交了村两委会议讨论。大家像之前一样，有些人很有顾虑，有些人鼎力支持，最后大家决定试试再说。

于是，村党支部牵头，把原来种植莲藕的 20 多亩水田集中流转过来，然后把原来一小块一小块的田改造成大块水田，有利于后续的种植和管理，还重新修缮了灌溉的渠道，用水泥把渠道都加固了一遍。为了增强承包人的信心，村里出钱雇来挖掘机，按照种植莲藕和养殖龙虾的深度要求，把田里面的淤泥都清理了一遍。李阳联系上一个对养殖小龙虾很有经验的技师来村里给大家上了一堂养殖课，普及养殖小龙虾的知识。

看着被整治好的水田，以及听了养殖小龙虾的课后，很多村民心动了，跃跃欲试。这样一来，想要承包的农户又太多了，这让村里一时也犯了难。

几个人思来想去，讨论出一个方案，那就是让村里连续三年年平均收入最低的农户优先承包。

方案一出，很多村民感到，这样也合理，先富带后富嘛，让暂时还不富裕的农户加快跑起来，这样村里大家的整体富裕才能再上一个台阶。

藕塘承包经营的事就这样也落了地。

秀丽风光也是美丽经济，李阳心里畅想的荷花荡估计在来年的春天就能成为现实了。

"以前种藕，亩产值和稻麦差不多，李书记，这样套养小龙虾后收益会增加多少呀？"中标的养殖户盛本根心里也没底，毕竟这是他这大半辈子以来干过的最大的一个"事业"。

"我查了相关资料，有人把小龙虾捞出来就卖了5万多元，相比单一种植莲藕，一亩藕塘每年能净增 3000 元收入。"李阳也不敢打包票，"放心，你背后还有村两委支持你呢。"

"再说，你还可以放养鹅、鸭等，这也是一笔可观的收入呀。"李阳再次鼓励道。

"小李书记，我们家来客人了。"春花娘很兴奋地打来电话。"真的吗？那太好了，你们家那邻村的两个闺女来帮忙了吗？"李阳问道。"有的，有的，我刚刚打电话给她们了，放心，我们会招待好的，这不还有村里妇女主任在主持大局嘛。"

这第一拨来的客人是一家三口，在村里推送的微信公众号上看到旅游宣传文章，正好两个大人都在家休年假，干脆把上幼儿园的孩子带来体验一下农家乐，看看这山村的风景，尝尝农家菜，再品品这儿的茶叶。

"李阳，做茶叶纸杯的设备到了，你快来看看。"嫣然打来电话急匆匆地说道。

"好的，我马上过来。"李阳放下手头的活，赶到茶厂。

"好家伙，我说这些天没怎么看到你，原来你还真的整天窝在这间茶室里享清福呢！"李阳看到嫣然带着笑故意说道。

"对呀，我不是和你说过，我这几天在这里喝茶看书睡觉，老娘这是回来休假的，不是给你打工的，哈哈哈！"嫣然俏皮地回复道。

"别不服气了，快来看看这设备。"嫣然拉着李阳往茶叶车间走去。

"这设备可真不小。"李阳感叹道。

"那是，自动化的嘛。"嫣然说道。

众人把设备外包装拆开来，摆弄好后，拿出随设备递送过来的使用方法的视频教学资料，认真地学习起操作过程来。

李阳更是一边看一边认真地记着笔记，把关键操作事项都记录了下来。

过了几天，厂里来了个调试设备的师傅，在设备调试好后，他们试着制作了一些产品。看着制作好的纸杯，李阳和嫣然赶紧拿来开水，泡上试喝起来。"咦，你还别说，真挺好喝的。"嫣然说道。"是的，挺好喝的。"试喝后一众人纷纷表示这口感还不错，里面茶叶的量配比得也正好。

第四十九章

　　新加坡客商的朋友带着长期采购的合同来到了村里。李阳和老支书、盛斌热情地款待了他，嫣然也陪同着。在谈到客商长期合作的事情时，那个朋友透露了一个信息，其实新加坡客商手里的客户资源不仅仅是新加坡，也包括港澳台地区，甚至在欧美国家也有一定的市场，茶叶只是他的主销产品之一。他还代理很多内地的特色农产品，有内地的采购网，这个朋友其实是他在浙江区域的一个小代理商，帮他张罗一些采购的事项。

　　"看来，这新加坡客商是一个藏得很深的大佬。"嫣然听完笑着说道。

　　"这也好，反正只要我们的产品质量好，像这样的客商多几个才好。"李阳说道。

　　"对了，你这几天来得正好，我们又开发了一款新的产品，一会儿吃好饭带你去看看，顺便品尝一下。"李阳介绍道。

　　"这么快又有新的产品了，你们可真牛。"代购的朋友说道。

饭后一行人来到了茶厂，李阳把新产品拿出来，代购商一看，不解地说道："这不是一个纸杯子吗？"

"你看里面。"嫣然用手指了指杯子。

"哦，原来是内有乾坤，那这是自带茶叶的？"代购商问道。

等茶水泡好后，看着清润的茶色，代购商还是感到有些意外，原本他觉得这样的茶泡起来多半是清汤寡水，没什么味道的。于是他带着期待喝了一口："这口感不错呀，这红茶有些类似祁门红茶的味道，挺好的。"

"来，再来一杯茉莉花或金银花的茶尝尝。"

代购商一杯接着一杯喝起来，喝完后说："我敢保证，你们这个产品投放市场后会很好销，这样，我先每样带一些回去推广一下，等有确切的订购信息我马上联系你们。"

时光过得真快，嫣然半个月的休假期就要结束了，这两天准备回到上海去。"李阳，我又要回上海了，这边又剩下你一个人了。"嫣然说道。

"哪会是一个人，这里有你爹、盛斌、存通等一大批战友呢！"李阳明知道嫣然话里面的意思，却故意道。

"你有伴儿，那我一个人好了。"看得出，嫣然心里对李阳刚才的话语有些不快。年轻人嘛，吵吵闹闹才是青春。

"要不我和你一起去吧？"李阳说道。

"去上海？"嫣然不解地问道。

"哈哈哈，这是你内心的想法吧？"李阳坏笑道。

"你真坏，不和你说了。"嫣然扭头跑去收拾行李去了。

"我的意思是我送你去金华，刚好我也好几个月没回金华了。"李阳朝着里屋喊道。

第二天一大早，嫣然上了李阳的车，朝着金华方向驶去。长深高速开通后还真是方便，从兰溪北上高速半小时就能到金华了，这高速为助力兰溪北片联通金华、义乌提供了快速通道。

两个人边说边聊，一下子就到金华了，但看看时间，离去上海的高铁发车还有一会儿。"高铁还有差不多一小时呢，要不我先把车子停到高铁站地下停车库去。我们在周边走一下，买点东西吃？"

嫣然说："还是算了吧，你跟我来，我们一起到车站的贵宾室坐一会儿。"

"贵宾室？我们又不是贵宾。"李阳疑惑地说道。

"你不是，难道我也不是吗？"嫣然说道。

说着嫣然拨通了一个电话，和电话里的人聊了一下，挂完电话后，她叫李阳直接把车开到贵宾室前面去。此刻，李阳只有顺从地按照嫣然说的办，因为铁路的地盘，要听"地主"的。

"嫣然，你什么时候回来的？老是回来的时候静悄悄的，也不来我这儿坐坐。"车子刚刚开进大门停下，一个穿着制服、身材高挑的美女跑了过来，直接把副驾驶的门打开后说道。

"苏苏，怎么越来越好看了，我这次回来是年假，这不休完了就来看你了。"嫣然说道。

"哟，男朋友亲自送来的？这小伙还挺帅的嘛。"苏苏说道。

"别胡说，这是我闺密，男闺密。"嫣然笑着说道。

"啊？我啥时候成人家男闺密了？"李阳对这样介绍自己的身份感到很意外。

"李阳，这是我的大学同学苏苏。"嫣然介绍道。

三个人来到了贵宾室，茶水已经泡好。李阳长这么大还是头一次进高铁站的贵宾室，原来贵宾室有这么大，像一个大型的会客室，室内的家具都很古朴，仿古的实木座椅，主墙壁上有大型的金华市貌图，四周合理分布着所辖县市的最具特色的地方文化展示图，这一圈看下来就像是把金华都逛了一圈。时间过得也很快，一下子一小时时光就随风而去了，嫣然站起来，准备去乘车，三人乘着电梯，出电梯门就到了候车大厅，还真方便。

把嫣然送上了高铁，李阳开着车来了一趟单位，向科长汇报了这一年多以来驻村的工作情况。

"小李，你干得很不错，无论是从你刚刚的汇报中，还是各种途径反馈回来的消息中，我们对你的工作都表示高度的肯定。不错不错，为我们科里争光了。"科长赞扬道。

和许久未见的同事们见了面，一一和大伙聊了会儿天后，李阳回了一趟家。

"你这孩子怎么又瘦了，在那儿吃不好？"妈妈依旧还是最关心李阳的身体。

"这段时间也看到过你驻的那个村的一些报道，工作做得还不错。"爸爸倒是直接表扬了一番，"但骄兵必败，要时刻牢记初心和使命，始终如一地对待工作。"爸爸叮嘱道。

和父母简单地吃了中饭，李阳打电话约了蒋怡，可蒋怡说自己人已经在深圳了，她想在深圳闯一闯。

"那你打算什么时候回来？"李阳虽然感觉很惊讶，但也做好了这样的心理准备，毕竟现在两个人的境遇不一样了，很多想法和观点也有了很大的分歧，再加上李阳驻村时常回不来，蒋怡又要照顾她的妈妈，时间久了，由量变到质变也是事物发展的正常规律。

第五十章

　　李阳打通了自己发小谢小余的电话，问道："兄弟，你现在在哪儿呢？"

　　"我在外省有点事，你回金华了？"谢小余回答道。

　　"是的，你莫非是在深圳？"李阳试探性地问道。

　　"你怎么知道的？"谢小余很惊讶地说道。

　　"我瞎猜的，那你忙，有机会再说。"李阳听到谢小余确认他自己也在深圳，心里就明白了，他应该和蒋怡在一起了，因为蒋怡离职的事已经有朋友和他说了。

　　当天傍晚李阳就回到了村里。

　　"小李，你怎么这么快就回来了？"老支书看到李阳不解地问道。

　　"嗯，还是回到村里心里感觉踏实。"李阳回答道。老支书看着这小伙好像有些不愉快，还以为是嫣然给惹的，于是打电话给嫣然，问她为什么欺负李阳。

"我哪有呀，再说我哪敢呀。"嫣然被冤枉后心里也不愉快，于是打电话给李阳问他什么情况。李阳说没事，没情况，就是有点累了，休息一下就好。

富口袋，更要"富"脑袋。如何提升村民素质，弘扬文明新风，成为厚植新农村建设根基的基础，只有不断提高素质才能形成风清气正、淳朴厚实、睦邻友好的新农村风貌。为此，在李阳的建议下，村党支部组织开展围绕建设新农村的精神风貌为主题的讨论。大家一致认为，岩头村在去年公布的村规民约影响下，全体村民的素质都有了很大的提升，垃圾分类、文明祭扫、谦虚礼让等新的风貌已经见到了很好的实效，但为了跟上新时代新农村建设的新步伐，后续还是要不断加大对村民素质教育的力度。会议决定，以村综合文化服务中心为主阵地，配套建设理论宣讲平台和多功能会议室等多个功能室，做到每月活动有计划、每周活动有落实，把提升村民素质作为长期的工作来抓，每季度评选文明家庭，每年度评选道德示范户，并酌情给予奖励。有奖励也要有处罚，对每季度评选为末尾的家庭，处罚清扫村里卫生一周；连续两个季度以上被评为末尾的家庭要求退出茶叶合作社。

"这一年多来，李阳和岩头村两委一起，以着力解决村里存在的脏乱差现象为突破口，学习借鉴浦江郑氏家族上千年来的治家理念，梳理制定了村规民约，着手开展村容村貌的整治，村两委干部示范带头，主动拆除自家围墙，为村里拓宽绕村道路让出土地。村里以梯田整治、土地流转为契机，在村里梯田上种植油菜花等观赏性作物，吸引周边游客参观旅游。为打破村里茶叶长期受到中间商价格打压的局面，极具勇气地成立茶叶合作社，积极引导茶农加入合作社，抱团取暖，并积极开拓市场，把茶叶价格的主动权牢牢地掌握在自己的手上，第一年就让加入合作社的茶农收入实现了翻一番。在此基础上，为发展好村里的茶叶优势产业，多渠道筹备资金办起了制茶工厂，为迅速打开市场，采用'走出去、学进来'的有效途径，到丽水缙云茶叶厂学习取经，回来后陆续推出金银花茶、自带茶叶一次性纸杯等一系列新的茶叶产品，赢得了市场的青睐，实现了村办企业盈利。而后，为使村集体的发展成果更多更好地惠及广大村民，采用入股的方式，把大家都吸纳为股东。此外，还采用'支部＋合作社＋农户'的方式，开办了村里的民宿，集中流转了村里二十亩藕塘，准备延伸村里的旅游资源。同时，为营造良好的山村文化，村里充分利用墙面的空间，将田园风光、乡村历史、法治文化、邻里和睦、文明创建等内容图文并茂地展现在墙上，让旧墙变成美观又会'说话'的精神文明宣传墙，在潜移默化中引导村民接受文明新风，也能让游客更好地体验俊秀的山村自然风光。"在表彰大会上，乡里的金书记在颁奖词里把岩头村这一年来取得的工作成效大概地介绍了一遍，大家听后表示，这活干得还真不一样。

"下面有请岩头村的代表，村党支部书记盛斌上台领奖。"余乡长说道。

于是，盛斌上台从书记手里接过"乡村振兴示范村"的表彰牌。

盛斌拿着代表着荣誉的牌子回到村里，李阳和老支书等村两委早早就站在村口迎接了，要知道，这是建村以来，他们获得的第一块荣誉牌，大家都很高兴。

第二天，村党支部召开了组织生活会，会上大家除了按照会议规定程序进行外，又增加了一项，那就是为广泛听取村民诉求，决定开展一次"家家到"活动，与村民面对面交流。

李阳在会上还建议村里组织一支志愿服务队，利用农忙空闲时间，为村里有需要的孤寡老人和困难群众开展帮困实践活动。

同时，为营造和谐的邻里关系，村党支部研讨决定在村里的大礼堂建设村史馆、云上书屋，布置村法治文化园，为村民文体活动营造良好氛围。

"针对困难家庭，我们还可以建立慈善工作站，健全募捐救助机制。"嫣然在电话里说。这时候李阳才明白过来，开会时，他不知道什么时候把电话给拨出去了，让嫣然听到了会议的内容，李阳感到有些尴尬。

"没事，嫣然为村里付出得还少吗？再说嫣然还是我们村里的驻外书记呢，是茶厂的'老板娘'，呵呵。"盛斌打趣道，引得众人哈哈大笑。

初秋的傍晚，村史馆前的长廊里坐满了纳凉的村民，广场舞队翩翩起舞，一派祥和而安逸的画面。

岩头村积极结合村庄生态资源，优先发展现代循环农业，推进"生态文化＋农旅休闲"的多业态融合方式，夯实持续建设美丽乡村的基础，探索出了构建"生态""产业"耦合、互促、协同发展的新格局。一方面激活了乡村生态资源优势，促进乡村绿色生态产业振兴，另一方面深刻践行了"绿水青山就是金山银山"的理念，揭示了生态宜居贯穿于乡村建设全程、融合于产业兴旺过程、内嵌于绿色发展进程的深刻道理。